C. Gottlieb

Der schwarze Engel

Eine fantastische Erzählung

Impressum

Bibliografische Information der Deutschen Nationalbibliothek:

Die Deutsche Nationalbibliothek verzeichnet diese Publikation in der Deutschen Nationalbibliografie; detaillierte bibliografische Daten sind im Internet über http://dnb.d-nb.de abrufbar.

© 2019 C. Gottlieb

1. Auflage 2019
2. Auflage 2020

Autor: C. Gottlieb

Umschlagbild und /-gestaltung: © Daniela Hinterreiter

Lektorat und Korrektorat: Books on Demand GmbH

Herstellung und Verlag: BoD-Books on Demand, Norderstedt, Dt.

ISBN: 9783748149606

- Auch als E-Book erhältlich

Printed in Germany

Inhaltsverzeichnis

1. Kapitel »Im Krankenhaus« 7

2. Kapitel »Seltsame Wahrnehmung« 18

3. Kapitel »Angst« 30

4. Kapitel »Annäherung« 34

5. Kapitel »Bewusstsein« 40

6. Kapitel »Gemischte Gefühle« 44

7. Kapitel »Motivation« 48

8. Kapitel »Dämpfer« 51

9. Kapitel »Übergang« 57

10. Kapitel »Verwirrtheit« 69

11. Kapitel »Nachdenkphase« 74

12. Kapitel »Erweiterter Horizont« 79

13. Kapitel »Schwere Krankheit« 82

14. Kapitel »Der schwarze Engel« 88

15. Kapitel »Überlebensinstinkt« 110

16. Kapitel »Retter in Not« 135

17. Kapitel »Lebensfreude« 152

Das vorliegende Werk ist zwar ein reines Fantasieprodukt, alle dargestellten Personen, Charaktere und deren Handlungen sowie alle Einrichtungen sind frei erfunden. Dennoch beruhen einige Szenen auf wahren Begebenheiten und persönlichen Erfahrungen. Da ich schon höchst prekäre Situationen in meinem Leben erfahren musste, habe ich diese in einer fantasievollen Geschichte verarbeitet.

C. Gottlieb

1. Kapitel »Im Krankenhaus«

Der Rettungswagen fuhr mit Höchstgeschwindigkeit. Das Folgetonhorn dröhnte Nora in den Ohren. Ihre Schmerzen waren so groß, dass sie nicht mehr sagen konnte, wo es ihr überall wehtat. Der Rettungswagen donnerte über die Straßenkreuzung. Ein anderer Wagen konnte fast nicht mehr rechtzeitig abbremsen. Beinahe kam es zur Kollision. Ein Schrei von Nora. Ihre Schmerzen wurden noch intensiver. Dann wurde sie ohnmächtig. Der Notarzt versuchte alles, um Nora in einem einigermaßen stabilen Zustand zu halten. Er überprüfte ihre Vitalfunktionen und gab ihr mehrere Infusionen. Der Monitor piepste, und der Notarzt blickte hastig darauf. Sofort gab er Nora eine Spritze in die Leitung an ihrem Arm. Danach wartete er einige Sekunden. Dann gab er dem Rettungsfahrer Anweisung, so schnell zu fahren, wie er nur konnte.

»Nur noch ein paar Kilometer!«, rief der Fahrer nach hinten, ein in seinem Beruf sehr erfahrener Sanitäter.

»Alles klar!«, sagte der Notarzt.

Seine Maßnahmen zeigten Wirkung. Noras Vitalfunktionen waren zwar noch immer kritisch, aber es stand nicht mehr so schlecht um sie wie noch vor ein paar Minuten. Da fuhr der Rettungswagen auf die Rampe der Notaufnahme des Krankenhauses. Das Personal der Notaufnahme stand schon bereit und hatte alles vorbereitet. Nora wurde mit der Liege aus dem Wagen gehoben und sofort in den Schockraum gebracht. Dabei wurde sie wieder wach. Das Licht der Deckenbeleuchtung tat ihr in den Augen weh. Sie blinzelte mehrmals, stark benommen durch die Schmerzen und die Infusionen. Sie war in einem tranceähnlichen Zustand. Sie bemerkte dumpf das Ruckeln, als sie im Schockraum auf eine Liege umgebettet wurde. Sie hörte mehrere Stimmen, konnte sie aber nicht eindeutig zuordnen. Plötzlich sprach sie jemand an. Nora hörte zwar etwas, verstand aber nicht.

»Sie ist nicht ansprechbar. Sie reagiert nur vereinzelt auf Schmerzreize«, sagte eine Pflegerin.

»Geben Sie ihr noch eine Infusion, schnell!«, kam es vom Arzt.

Daraufhin wurde noch eine Infusion auf den Ständer gegeben und an der Leitung von Nora angeschlossen.

»Wir müssen sofort die Lunge und den Bauchraum röntgen«, sagte der Arzt.

Sofort wurde der Röntgenapparat zur Aufnahme bereitgestellt.

»Alles weg! Achtung, Aufnahme!«, rief der Röntgenassistent.

In der nächsten Sekunde war ein »Klack« zu hören. Die Röntgenaufnahme von Noras Lunge wurde als Erstes erstellt, gleich darauf, nach ein wenig Gezerre an Nora, die nächste.

Die Ärzte standen schon an der beleuchteten Wand, bereit, die Aufnahmen zu begutachten. Das Verfahren war in den letzten Jahren schon so weit fortgeschritten, dass es nicht mehr lange dauerte, bis die Bilder fertig waren. Vor allem im Schockraum funktionierte alles sehr schnell.

»Hier ... das sieht nicht gut aus! Viel zu groß!«, sagte ein Arzt.

Er zeigte mit dem Finger auf die Röntgenaufnahme.

»Ja, das müssen wir schleunigst behandeln. Aber sonst zeigen die Bilder keine Anzeichen von gröberen Schäden. Das ist gut«, meinte ein Kollege.

Die Ärzte sahen auf die Monitore, an denen Nora angeschlossen war, und handelten entsprechend. Sie gaben Anweisungen an das Pflegepersonal und telefonierten mit Kollegen. Nora bekam von all dem nur wie durch einen Schleier etwas mit. Sie war noch immer stark benommen und reagierte nur vereinzelt auf Berührungen des Notfallteams. Nach kurzer Zeit verlor sie wieder das Bewusstsein.

Nora wurde wach. Sie öffnete die Augen und starrte an die Decke. Im Moment empfand sie keine Schmerzen, sie war nur sehr mitgenommen. Sie schaute sich um. Nora war in einem Einzelzimmer untergebracht worden.

»Schon wieder im Krankenhaus!«, sagte Nora leicht verzweifelt.

Sie begutachtete das Krankenzimmer genauer. Ein kleines Zimmer mit einem Fenster, einer Tür zum Gang und einer weiteren Tür.

»Das muss wohl die Tür zum Bad sein«, murmelte Nora.

Sie drehte den Kopf zum Fenster. Die Sonne schien durch den weißen Vorhang. Die Sonnenstrahlen erreichten sogar

Noras Krankenbett. Sie erfreute sich daran. Nora wollte sich etwas aufrichten, sie bemerkte aber sofort, dass sie sehr schwach war. Nur mit größter Mühe konnte sie sich ein klein wenig zurechtrücken. Danach starrte sie wieder erschöpft an die Decke. Als sie sich bewegt hatte, hatte der Monitor hinter ihr angefangen zu piepsen. Es dauerte nicht lange, und die Zimmertür öffnete sich.

»Ah, schon munter geworden?«, fragte eine freundliche Stimme.

Eine Pflegerin kam lächelnd an ihr Bett. Nora lächelte, etwas schmerzverzerrt, zurück. Die Pflegerin hantierte am Monitor, und das Piepsen hörte auf.

»So ist es gleich viel angenehmer, nicht wahr?«

»Ja … danke«, erwiderte Nora.

»Wie fühlen Sie sich? Brauchen Sie etwas?«

»Ich bin sehr durstig«, antwortete Nora.

Die Pflegerin reichte Nora einen Schnabelbecher mit Flüssigkeit. Nora nahm ein paar Schlucke.

»Das hat gutgetan.«

»Nicht zu hastig trinken. Ich stelle den Becher hierhin. Geht es so für Sie?«

Die Pflegerin richtete das Kästchen in Reichweite neben Noras Bett, sodass Nora ungehindert hinlangen konnte.

»Ja, danke«, sagte Nora.

Die Pflegerin verließ das Zimmer. Nora blickte auf den Galgen, der über dem Bett montiert war. Ein dreieckiger Haltegriff und eine Bedientafel hingen von ihm herunter. Um ihn war das Kabel der Bedientafel gewickelt, mit der man die Glocke, den Lichtschalter und das Radio betätigen konnte.

»Ich komme aus den Krankenhausbetten wohl so schnell nicht mehr raus. Ach ...«, seufzte Nora.

Dann schloss sie die Augen und schlief wenig später ein.

Nora wurde jäh aus dem Schlaf gerissen. Die Zimmertür öffnete sich und die Visite kam herein.

»Guten Tag! Wir haben Sie wohl geweckt? Wir wollen auch nur kurz nach Ihnen sehen, dann können Sie weiterschlafen«, sagte ein Arzt.

Er kam zu Nora ans Bett. »Na, wie fühlen Sie sich? Wie schlimm sind die Schmerzen?«

Nora mühte sich, ihre Benommenheit abzuschütteln. Im ersten Moment wusste sie nicht, wo sie sich befand.

»Es geht schon«, sagte sie schließlich mit zittriger Stimme.

»Gut. Wir haben uns schon Sorgen gemacht. Sie waren in einem sehr kritischen Zustand. Zum Glück konnten wir sie aber stabilisieren. Sie müssen sich ausruhen, und wir werden sehen, wie die Medikamente Ihren Zustand verbessern. Aber wir können Ihnen nicht zu viel auf einmal verabreichen. Es müssen genaue Dosierungen vorgenommen werden. – Haben Sie noch Fragen?«

»Nein ... im Moment nicht«, sagte Nora.

»Dann ruhen Sie sich nur ordentlich aus. Angenehme Nachtruhe! Wir sehen uns morgen wieder, und dann besprechen wir alles Weitere«, sagte der Arzt.

Die Visite verließ das Zimmer. Nora benötigte noch einen Moment, um sich zu sammeln. Sie ließ sich auf das Kissen nieder und meinte leise: »Ach, wieder einmal. Das Spiel beginnt von vorn. Ich kann das nicht leiden …«

Sie sah zum Fenster. Die Nacht brach allmählich herein. Nora dachte, dass ein wenig Musik sie vielleicht beruhigen würde. So drückte sie auf der Bedientafel herum, bis sie einen guten Sender gefunden hatte. Sie lauschte der angenehmen Klaviermusik und war für einen Moment zufrieden. Sie hatte jetzt kaum Schmerzen und war sehr müde. Es dauerte nur ein paar Minuten, bis Nora wieder einschlief.

Am nächsten Morgen erwachte sie und hatte wieder Schmerzen. Sie waren zwar nicht so stark wie bei ihrer Einlieferung, aber dennoch verspürte Nora einen starken Widerwillen. Das war auch kein Wunder bei ihrer von Krankheiten und Schmerzen geprägten Lebensgeschichte. Sie versuchte aufzustehen, um ins Bad zu gehen. Nora war vorsichtig, denn sie hatte schon Erfahrung mit Infusionen und deren Reichweite und hatte schon einmal unabsichtlich eine Leitung herausgerissen, weil sie den Infusionsständer ganz vergessen hatte. Das wollte sie um jeden Preis verhindern. Nach kurzem Aufenthalt im Bad fiel sie erschöpft ins Bett, die Anstrengung war sehr groß gewesen. *Die paar Schritte, und ich bin schon wieder völlig erledigt! Wird das jemals aufhören?* In dem Moment hörte Nora Geräusche am Gang. Sekunden später ging die Tür auf. Die Morgenvisite absolvierte ihren Rundgang.

»Guten Morgen«, sagte der Arzt.

»Guten Morgen.«

Sie sah zu den vielen Personen, die zu ihr ins Zimmer kamen.

Dem Arzt folgten noch zwei Kollegen, ein paar Studenten und Pflegepersonal mit dem Visitenwagen.

»Ah ja, da haben wir es ja«, sagte der Arzt, während er in Noras Akte blätterte. »Also, Folgendes: Ihre Werte sind verhältnismäßig gut geworden. Bei Ihrer Einlieferung sah es noch sehr schlecht aus. Aber in den letzten Tagen konnten wir eine Verbesserung erreichen. Zwei, drei Zahlen machen mir noch Sorgen, aber das haben wir schon bei Ihrem letzten Aufenthalt besprochen. Leider lässt die Situation nicht allzu viel Spielraum zu. Haben Sie nach der letzten Therapie eine merkliche Verbesserung wahrnehmen können?«

»Ja, zunächst schon«, antwortete Nora, »aber nach einer gewissen Zeit wurde ich davon sehr müde und erschöpft. So musste ich die Therapie wieder abbrechen.«

Der Arzt wackelte etwas mit dem Kopf, als wollte er sagen, dass er wisse, wie anstrengend die Therapie war, sagte aber nichts.

»Zwei Wege kommen meines Erachtens für Sie infrage. Erstens eine rein medikamentöse Therapie, die Sie aber, falls Sie sich dafür entscheiden sollten, immer benötigen würden. Und Sie müssten mit Nebenwirkungen rechnen. Zweitens eine gemischte Therapie. Spezielles körperliches Training und Medikamententherapie. In dem Fall würden Sie weniger Medikamente benötigen und auch nicht so starke. Aber die körperliche Anstrengung wäre sehr groß – abhängig vom Verlauf, der bei jedem Patienten unterschiedlich sein kann, je nach Alter und Fortschreiten der Krankheit. Ich würde Ihnen dennoch die gemischte Therapie empfehlen.«

Schon wieder! Das hatten wir doch schon!, dachte Nora.

»Na ja, wenn Sie meinen«, sagte sie fast schon resigniert.

»Ich weiß, es ist nicht einfach für Sie, aber Sie müssen durchhalten. Wir unterstützen Sie dabei. Wir geben unser Bestes.«

Nora nickte nur. Danach verließ das gesammelte Personal das Zimmer.

Es geht wieder einmal von vorn los. Ach was habe ich nur verbrochen …?

Die Tage vergingen, und Noras Zustand verbesserte sich. Die Therapie hatte ihr geholfen, wieder auf die Beine zu kommen. Nur noch ein paar Tage, und sie könnte nach Hause entlassen werden, so die Meinung des behandelnden Arztes. Darüber war Nora sehr froh, denn sie verabscheute Krankenhäuser mittlerweile. Viel zu viel Lebenszeit hatte sie hier schon verschwenden müssen. Eine spezielle medikamentöse Behandlung musste Nora noch abwarten. Sie dauerte ein paar Tage, und die Ärzte wollten sie dabei unter ständiger Beobachtung haben. Nora ließ es geschehen, sie hatte ohnehin kaum eine Wahl. Ihre Motivation hielt sich in Grenzen, aber sie machte mit. Täglich wurde ihr Blut abgenommen, um einen lückenlosen Vergleich ihrer Laborwerte zu gewährleisten. Nora quälte das Personal schon fast mit ihren Fragen, sie wollte aber stets ihre aktuellen Werte wissen, die fast jeden Tag anders waren. Meist waren sie wie erwartet, doch hin und wieder gab es Ausreißer. So verschob sich der ursprüngliche Entlassungstermin immer wieder um ein paar Tage nach hinten. Das zerrte an Noras Nerven, aber sie nahm es mit einer guten Portion Galgenhumor.

»Das ist gut, solange Sie nicht übertreiben«, meinte ihr Arzt schmunzelnd. Weiter sagte er ihr, dass jeder seine eigene Art habe, mit schwierigen Situationen umzugehen. Eine davon sei eben schwarzer Humor. Nora hatte schon immer einen gewissen Hang dazu. Die vielen Entbehrungen, die sie im Laufe ihres Lebens hatte erdulden müssen, hatten ihren Teil dazu beigetragen.

Nora hatte gerade eine Infusion bekommen. Sie wusste, dass sie nun für eine Stunde im Bett liegen bleiben musste. Das Medikament konnte sich so am besten im Körper verteilen. Nora spürte, wie das Medikament in ihre Adern floss. Es fühlte sich zunächst immer kühl an. Sie zog dabei immer ihre Bettdecke bis zur Nasenspitze. Nach ein paar Minuten bekam sie meist leichten Schüttelfrost. Als die Stunde vorbei war, war Nora nur noch müde.

»Auf ... auf!«, hörte sie eine Stimme.

Nora wachte auf. Eine Pflegerin hatte sie geweckt. Nora war nach der Infusion eingeschlafen.

»Was ist los?«, fragte sie etwas verschlafen.

»Jetzt kommen Sie zur Bewegungstherapie. Genug geschlafen, Sie müssen wieder aktiv werden«, sagte die Pflegerin, und dabei entfernte sie die leere Infusionsflasche.

»Bewegungstherapie?«, fragte Nora nach.

»Ja, ein Kollege bringt Sie dorthin. Er müsste jeden Moment kommen.«

»Aha … davon weiß ich gar nichts.«

»Ja, es wurde kurzfristig entschieden. Die Ärzte haben sich beraten und meinen, dass das sehr gut für Sie wäre.«

»Na dann. Wenn Sie meinen«, sagte Nora.

In dem Moment kam auch schon der Pfleger mit einem Rollstuhl herein. »So, jetzt bringe ich Sie zur Therapie. Wir müssen dafür nur in den Keller des Gebäudes. Kleine Vorwarnung, auf dem Weg dorthin sieht es nicht so schick aus, aber die Räume sind dafür dann umso freundlicher. Sie wurden erst vor ein paar Wochen renoviert.«

»Na dann los!«, meinte Nora.

Sie wurde über den Gang geschoben bis zu den Liften. Es waren mehrere nebeneinander, doch sie schienen gut ausgelastet: Nora musste mit dem Pfleger ein paar Minuten warten, bis ein Lift frei war. Der Pfleger schob Nora hinein und drückte den Knopf für die Kelleretage. Nora war im Krankenhaus sehr sensibel geworden, und so spürte sie, wie sich der Lift nach unten bewegte. Ein flaues Gefühl machte sich in ihrer Magengegend breit, und sie spürte Druck auf den Ohren. Im Kellergeschoss angekommen, setzte sie der Pfleger ein Stück vom Lift entfernt bei der Therapeutin ab.

»Ich hole Sie nach der Therapie ab«, sagte er noch, bevor er verschwand.

Nora wurde zuerst der ganze Körper massiert, anschließend musste sie spezielle Bewegungsübungen absolvieren, die sie sehr müde machten. Nach Beendigung der Therapie wartete der Pfleger schon mit dem Rollstuhl auf sie. Er brachte Nora wieder auf ihr Zimmer. Nora schlief, kaum im Bett, sofort ein. Sie war total erschöpft.

Dieser Vorgang wiederholte sich noch ein paar Tage, und schließlich kam der Tag, an dem Nora entlassen wurde. Sie war darüber sehr erfreut. Ihre Eltern holten sie ab. Sie warf beim Entfernen noch einen letzten Blick auf das Gebäude, dann stieg sie in das elterliche Auto. *Wieder einmal geschafft! Was bin ich froh, wieder nach Hause zu kommen!*

2. Kapitel »Seltsame Wahrnehmung«

Nora schlenderte geradewegs nach Hause. Ihr kleiner Spaziergang durch den Wald erfreute sie. Die frische Waldluft tat ihr gut. Sie mochte es, wie die vielen Vögel ihre verschiedenen Laute von sich gaben. Nora schmunzelte beim Lauschen ihres schönen Gesangs. Hin und wieder entdeckte sie Eichhörnchen, die keck hinter den Bäumen hervorguckten, um gleich darauf rasant hochzuklettern. Nora war sehr zufrieden in diesen Momenten. Sie spürte keine Schmerzen, und das war eine regelrechte Wohltat. Die angenehme Ruhe des Waldes und der schönen Gegend freute Nora sehr.

Zu Hause angekommen, machte sie es sich gemütlich und nahm ein schmackhaftes kleines Mahl zu sich. Die Runde durch die Natur hatte sie hungrig gemacht.

Nach einem gemütlichen Nachmittag bereitete sich Nora auf die Nacht vor. Nachdem sie zu Bett gegangen war, las sie noch ein wenig. Sie hatte sich ein spannendes Buch gekauft. Gleich die ersten Seiten weckten ihr Interesse. Sie verschlang mehrere Kapitel und war so vertieft, dass sie nicht sofort bemerkte, wie ihr Körper schlappmachte. Nora bekam plötzlich Druckschmerzen auf ihrer linken Seite. Zunächst dachte sie, es wäre nur durch die Lage beim Lesen. Doch auch als sie das Buch schließlich auf ihren Nachttisch legte und sich entspannte, ließ der Schmerz nicht nach, er wurde sogar schlimmer. Nora probierte verschiedene Körperlagen aus, doch es half nichts. Daraufhin ging sie zu ihrem Medikamentenschrank und nahm eine Schmerztablette. Danach legte sie sich wieder ins Bett und schlief nach einer Weile ein.

Mitten in der Nacht wachte Nora auf. Sie fühlte sich nicht gut, spürte einen schlimmen Schmerz in der Brust. Sie knipste ihre Nachttischlampe an und richtete sich auf. Ein paarmal holte sie tief Luft, um den Kreislauf in Schwung zu bringen. Sie bekam schwerer Luft als sonst, und ihr Herz raste. Das heftige Pochen tat ihr in der Brust weh. Nora legte sich auf den Rücken, das Kissen leicht erhöht. Sie versuchte, sich durch ruhiges Atmen zu beruhigen und den heftigen Herzschlag unter Kontrolle zu bringen. Es funktionierte. Das Atmen fiel ihr allmählich leichter, und auch das Pochen reduzierte sich ein wenig. Nora versuchte daraufhin wieder einzuschlafen, doch obwohl ihr Körper totale Ermüdungserscheinungen zeigte, gelang es ihr nicht. So hörte sie leise Radiomusik zur Beruhigung. Sie stellte den Schlafmodus an dem Gerät ein und knipste die Lampe aus. In Noras Zimmer war es jetzt komplett finster. Das elterliche Haus war so gelegen, dass kein Verkehr und keine Straßenbeleuchtung störten. Für Nora wurde der abgelegene Ort zum persönlichen Luxus. Es war ihr sehr wichtig gewesen, ein Haus inmitten der Natur zu haben. Es befand sich in einer leichten Höhenlage, und die Straße endete an seiner Einfahrt. Zwei Seiten des Hauses waren von einem großen Wald umrandet, so auch die Seite, wo sich Noras Schlafzimmer befand. So konnte bei Nacht keine einzige Lichtquelle ins Zimmer vordringen. Nur bei Mondschein waren vereinzelt Konturen von Schatten zu erkennen. Aber nicht in dieser Nacht. Sie war wolkenverhangen und deshalb sehr dunkel. Nora konnte in ihrem Schlafzimmer nicht das Geringste erkennen. Also versuchte sie wieder einzuschlafen. Sie schloss die Augen und lauschte der leisen Musik. Nach ein paar Minuten döste sie vor sich hin. Wie das Radio sich nach der angegebenen Zeit abschaltete, nahm sie nur noch vage wahr. Sie war im Dämmerzustand. Doch im nächsten Moment zuckte sie zusammen. Sie fühlte einen heftigen Schmerz in der Herzgegend.

»Nein … bitte nicht! Nicht schon wieder!«, flehte sie.

Sie hielt sich beide Hände vor ihren Oberkörper und verkrampfte etwas. Ihr Gesicht war schmerzverzerrt. Als der Schmerz nicht aufhörte, versuchte Nora die Nachttischlampe anzuknipsen. Es gelang ihr nicht. Die Schmerzen waren zu groß. Nora konnte sich nicht richtig bewegen. Ihre Körperfunktionen waren durch die großen Schmerzen eingeschränkt. Sie rang nach Luft. Nora begann zu weinen, als sie ihre Lage im Bett verändern wollte. Die Schmerzen waren so schlimm, dass eine Bewegung fast nicht mehr möglich war. Schließlich lag Nora bewegungslos auf dem Rücken. Sie versuchte, ruhig liegen zu bleiben und achtsam zu atmen. Doch es half nichts. Die Schmerzen wurden nur noch intensiver. Nora bekam Panik. Sie hatte in ihrem Leben schon sehr starke Schmerzen erleiden müssen, doch nichts war so schlimm gewesen wie dieser Schmerz, den sie gerade in ihrem Herzen fühlte. Nora spürte genau, wie unregelmäßig es schlug und dabei brannte, als ob ein Feuer in ihm ausgebrochen wäre. Tränen liefen ihr über das Gesicht. Sie musste sich aus dieser Notlage befreien, versuchte aufzustehen. Es ging nicht, sie war zu schwach. Sie probierte zu rufen, doch sie bekam keinen einzigen Laut heraus. Ihr Handy hatte sie auf dem Nachttisch abgelegt. Sie wollte es sich greifen, um ihre Eltern in ihrem entfernten Zimmer anzurufen. Doch selbst diese verhältnismäßig kleine Armbewegung konnte Nora nicht durchführen. Durch den brennenden Schmerz in ihrem Herzen war sie wie gelähmt. Sie fühlte die Tränen in Strömen über ihre Wangen fließen. Nora blinzelte mehrmals und öffnete immer wieder die Augen, aber außer Dunkelheit war nichts zu erkennen. Nora wurde nun bewusst, dass sie in ernsten Schwierigkeiten war. Sie hoffte, dass dieser Moment gleich vorübergehen würde, so wie sie es schon oft in ihrem Leben durchgemacht hatte. Aber dieses Mal war es anders, Nora spürte das. Die Schmerzen waren um ein Vielfaches intensiver, und auch die Lähmung war neu für sie. Ihre Panik geriet langsam außer Kontrolle. Sie lag auf dem Rücken und spürte nichts mehr als den starken Schmerz in ihrem Herzen. Er fühlte sich so intensiv an, so tief in ihr drinnen wie aus ihrem innersten Wesen. So etwas hatte Nora noch nie erlebt. Ihr wurde grausam klar, dass sie so nicht mehr lange durchhalten konnte. Stockfinstere Nacht, und sie hatte keine Möglichkeit, sich zu bewegen oder sich bemerkbar zu machen. Sie starrte mit weit aufgerissenen Augen in die Dunkelheit. Nun hatte sie Gewissheit, dieser Schmerz ging nicht von allein weg. Dieses Mal stand ihr Leben auf der Kippe, sie fühlte es.

Sie hatte nicht den geringsten Zweifel daran. Als Nora wusste, dass ihr niemand zu Hilfe kommen würde, flehte sie nur noch um ein Ende ihrer so starken Schmerzen. Sie konnte nicht mehr. Es war, als ob jemand einen Pfahl in ihr Herz geschlagen hätte. Nicht einmal den kleinen Finger konnte sie noch bewegen. Einzig mit ihren Augenlidern blinzeln konnte sie ein paarmal. Nora fühlte ihren Körper nur noch als tonnenschweren Ballast. Sie konnte wahrnehmen, wie ihr Herz phasenweise Aussetzer hatte, danach war es, als wollte es die versäumten Schläge nachholen. So schlug ihr Herz manchmal doppelt oder sogar dreifach zugleich. Um dann wieder eine Pause einzulegen. Sie bekam schwer Luft, musste aber sofort tief Luft holen bei den gefühlten Doppelschlägen. Nora wusste, dass sie nun sterben musste. Doch genau als sie diese Gewissheit hatte, fühlte sie noch etwas anderes als ihre großen Schmerzen. Zunächst konnte sie nichts damit anfangen. Instinktiv öffnete sie die Augen. Nach wie vor war es stockdunkel. Plötzlich bekam Nora eine andere Form von Panik. Regelrechte Angst strömte durch ihren Körper. Nora fühlte etwas. Sie nahm ein Rauschen wahr. Ein leises Rauschen. Es kam aber nicht von einer Stelle. Es bewegte sich. Da Nora mit Sicherheit wusste, dass ihre Eltern im entfernten Zimmer schliefen, konnte niemand im Raum sein. Doch für Nora fühlte es sich so an. Irgendetwas war im Raum. Ihre Angst wuchs ins Unermessliche. Da dieses leise Rauschen sich offenbar von ihrem Fußende ausgehend bewegte, verfolgte Nora es mit den Ohren. Wobei sie das Rauschen mehr fühlte als hörte. Sie konnte wahrnehmen, wie es sich langsam von ihrem

Bettende auf die linke Seite verlagerte, um im nächsten Moment auf die rechte Seite zu wandern. Nora konnte es nun deutlich wahrnehmen. Etwas war definitiv in ihrem Zimmer. Dann loderte das Brennen in ihrem Herzen wieder so heftig auf, dass sie das Rauschen für einen winzigen Moment außer Acht ließ. Für ein paar Sekunden bekam sie keine Luft. In dem Moment bemerkte Nora, wie sich das Rauschen nun schneller bewegte. Es war jetzt an Noras rechter Seite, dann wanderte es nach links, war sofort an ihrem Fußende, bewegte sich rund um ihren Körper. Als Nora vor Schmerzen und Panik nicht mehr konnte, sah sie ein Licht. Nora war sehr verwundert, denn sie wusste, dass kein Lichtschein in ihr Zimmer dringen konnte. Dennoch, wenn sie die Augen weit öffnete, sah sie im Balkonfenster ein kleines weißes Licht. Es schien direkt auf sie zuzukommen. Es war unmöglich bei dem dichten Wald, doch es kam auf Nora zu, und es wurde immer größer. Nora konnte nicht wegsehen. Sie war nun völlig starr, nicht einmal die Augenlider konnte sie bewegen. Nora musste in dieses weiße näher kommende Licht sehen. Zugleich fühlte sie, wie das seltsame Rauschen immer heftiger in seiner Bewegung wurde: Kaum am Fußende, war es auch schon auf der linken Seite und dann schon wieder rechts. Eben war es an ihrem Kopfende, um fast gleichzeitig an ihren Füßen zu sein. Nora hätte in keinem Moment mehr sagen können, wo genau es sich befand. Es kam ihr so vor, als ob es jetzt überall wäre. Es zog auch den Kreis um Nora enger. Nora fühlte jetzt den schlimmsten Schmerz, den sie jemals erlebt hatte. Ihr Herz zersprang förmlich in tausend Stücke. Mund und Augen weit aufgerissen, starrte sie auf das nun schon sehr große weiße Licht, das Rauschen umhüllte sie komplett, sie konnte keinen Atemzug mehr machen. Das Licht hatte sie fast erreicht. Der Schmerz in ihrem Herzen überwältigte sie schließlich. Nora verlor das Bewusstsein.

Nora wachte auf. Sie blinzelte mehrmals, weil ihr das Tageslicht in den Augen wehtat. Sie brauchte einige Sekunden, um sich zu sammeln. Allmählich erkannte sie, dass sie sich in ihrem Zimmer befand. Sie wollte sich drehen, doch dabei bemerkte sie, wie schwer sich ihr Körper anfühlte. Jede Bewegung, sei sie auch noch so klein, war für Nora eine größte Anstrengung.

»Was ist denn los? Warum fühle ich mich so schwer?«, fragte sie sich.

Dabei versuchte sie ihren Arm zu heben. Sie schaffte es nur mit enormem Kraftaufwand.

»Uff ... ich bleibe wohl so liegen. Ich fühle mich richtig schlapp. Was war das nur für ein Traum letzte Nacht? Ich dachte schon, ich muss sterben. Furchtbar, so etwas erleben zu müssen«, flüsterte sie vor sich hin.

Da öffnete sich ihre Zimmertür.

»Hallo, wie geht es dir? Du hast aber lange geschlafen«, sagte ihre Mutter.

»Lange? Wie spät ist es denn?«, fragte Nora.

»Du hast die Nacht und den ganzen Tag verschlafen. Es ist schon wieder Abend. Die Sonne geht jeden Moment unter.

Schau, die letzten Sonnenstrahlen verschwinden schon bald an deinem Balkonfenster«, antwortete Noras Mutter.

Was, es ist schon wieder Abend? So lange habe ich geschlafen? Ungewöhnlich! War das gestern vielleicht gar kein Traum? Und warum fühle ich mich so erschöpft ... so schwer?

»Hast du Hunger? Möchtest du etwas essen?«, fragte Noras Mutter weiter.

»Nein, ich möchte nichts«, sagte Nora zögerlich.

»Na dann gute Nacht, träum was Schönes«, sagte Noras Mutter, bevor sie das Zimmer verließ.

Nora war verwirrt. Sie hatte sich so intensiv erinnern können, was sie letzte Nacht gefühlt hatte. Die Geschehnisse hatten sich bei ihr tief eingebrannt.

Diese Schmerzen ... sie waren so stark. Ich möchte diese Schmerzen nie wieder erleben. Furchtbar waren sie. Ich hoffe, es ist vorbei. Ich bin zwar extrem erschöpft, aber ich empfinde jetzt fast keine Schmerzen. Nur, warum fühle ich mich so schwach? So habe ich mich noch nie gefühlt. Als ob ich plötzlich keine Kraft mehr hätte oder Hunderte Kilo schwer wäre. Was ist letzte Nacht wirklich passiert? Dieses Licht ... dieses weiße Licht! Es wurde immer größer. Aber vor meinem Balkonfenster ist doch nur dichter Wald. Es gab noch nie ein Licht, das durch den Wald dringen konnte. Merkwürdig! Und dieses ... Rauschen. Es war so seltsam. Ich hatte so etwas noch nie zuvor wahrgenommen. Ich konnte nur fühlen, wie es mich schließlich eingehüllt hatte, als das Licht mich schon fast erreicht hatte. Die Schmerzen waren dabei so groß, dass ich nicht mehr konnte. Keine Bewegung ... keine Atmung war mehr möglich gewesen. Dieser Schmerz in meinem Herzen war so intensiv ... Ich

*konnte fühlen, wie es aufgehört hatte zu schlagen. Es hatte einfach
keine Kraft mehr ... Ich konnte es richtig fühlen. Ich hatte geglaubt,
ich müsse sterben. Aber zum Glück scheint es jetzt vorbei zu sein.
Ich liege in meinem Bett und habe fast keine Schmerzen, ich bin nur
sehr müde. Mein Körper erlebt zwar höchste Anstrengungen, obwohl ich nur im Bett liege ... ich kann es deutlich spüren. Vielleicht
muss ich mich nur ordentlich ausruhen. Ja, das wird es sein ... sehr
ordentlich ausruhen. Aber dieses Rauschen oder was immer das
war, es verursacht mir Kopfzerbrechen ... und auch Angst.*

Bei diesen Gedanken rückte sich Nora unter höchster Anstrengung zurecht und schlief schließlich völlig erschöpft ein.

In den folgenden Tagen mühte sich Nora um Normalität.
Sie glaubte, sie sei einfach krank und müsse sich wieder langsam erholen. Die Erschöpfungszustände seien einfach auf den
Substanzverlust infolge ihrer Krankheit zurückzuführen. So
blieb sie die ersten Tage im Bett, und sie hoffte jeden Tag auf
Fortschritte, was ihre Beweglichkeit und körperliche Kraft
betraf. Doch bald machten sich in ihr Bedenken breit, denn
nun waren schon einige Tage vergangen, und sie fühlte sich
noch immer sehr schwach. Sie konnte sich nicht ausreichend
erholen. Da es Nora schon gewohnt war, nicht so kräftig zu
sein wie andere Menschen in ihrem Umfeld, sorgte sie sich
anfangs auch nicht. Doch es hatte noch nie so lange gedauert,
bis sie wieder auf die Beine kam. Sie wies den Hausarzt bei
seinem nächsten Besuch darauf hin, der sie untersuchte und
daraufhin an einen Facharzt überwies – nur zur Abklärung,
meinte er, reine Vorsichtsmaßnahme.

So wurde Nora ein paar Tage später bei einem Facharzt vorstellig. Er untersuchte sie eingehend und machte dabei einige Bemerkungen.

»Was ist? Sie klingen seltsam für mich«, sagte Nora.

Der Facharzt blieb zunächst stumm. Er untersuchte Nora weiterhin. Nach einer Weile legte er sein Untersuchungsgerät weg und fragte: »Sie waren krank? Wie lange ist das her?«

»Ach, ich bin doch dauernd krank ... und immer so schwach«, antwortet Nora. »Mein Immunsystem funktioniert nicht immer so, wie es sollte. Doch zuletzt war ich für ein paar Tage krank. War wohl eine Grippe. Es ist ungefähr eine Woche her.«

»Aha ... Grippe«, murmelte der Arzt.

Da er nichts weiter sagte und nur unverwandt auf seinen Computer blickte, fragte Nora nach.

»Was ist denn? Haben Sie etwas herausgefunden?«

»Das könnte man so sagen, ja. Ich möchte Sie nicht beunruhigen ... aber ich muss Ihnen sagen, dass Sie vielleicht die Grippe übergangen haben. Das zeichnet sich womöglich bei Ihrem Herzen ab. Die Untersuchung ergibt eine Abnormität Ihres Herzmuskels. Das ist an und für sich schon schwerwiegend, aber bevor ich Ihnen Angst mache, möchte ich noch die Laborwerte abwarten, zur Sicherheit«, antwortete der Arzt.

Nora blickte ihn verwundert an. Sie war sehr besorgt über diese Information.

Diese eine Nacht neulich ... war das vielleicht doch sehr ernst? War ich ernsthaft in Gefahr? War es doch kein Traum? Was ist da bloß passiert? Und wer oder was war dieses Rauschen? Ich konnte

deutlich wahrnehmen, wie es mich zum Schluss vollständig um-
hüllte. Es war eine seltsame Wahrnehmung. Wer könnte mir darauf
Antworten geben?

»Ich werde Sie anrufen, sobald ich die Laborwerte habe. Dann besprechen wir alles in Ruhe, einverstanden?«, fragte der Arzt.

»Ja, okay«, antwortete Nora und verließ die Praxis.

Nach zwei Tagen rief der Arzt Nora zu sich.

»So, jetzt haben wir die Laborwerte vorliegen. Und mein Verdacht hat sich leider bestätigt. Ihr Herzmuskel ist geschwächt worden. Er weist ein dickeres Gewebe auf, was auf eine Herzmuskelentzündung hindeutet. Sie müssen dabei starke Schmerzen gehabt haben. Wissen Sie, eine Herzmuskelentzündung ist sehr gefährlich. Sie kann leider auch oft tödlich enden. Außerdem konnte ich eine Herzbeutelreizung feststellen.«

Nora bekam große Augen bei der Aussage des Arztes.

»Ich muss Sie auf die Ernsthaftigkeit hinweisen. Das ist nichts, was man auf die leichte Schulter nehmen sollte. Verstehen Sie?«

Nora nickte nur schockiert.

»Ich verschreibe Ihnen zwei Medikamente, die Sie sich bitte sofort besorgen. Hier gleich um die Ecke ist eine Apotheke. Hier ist Ihr Rezept. Und zur Vorsicht werde ich Sie zur Kardiologie überweisen, um Sie genauestens zu untersuchen ... wie gesagt, zur Vorsicht. Ich werde sehen, was ich tun kann, um nicht unnötig Zeit zu verlieren.«

Nora willigte ein und dachte sich: *Nicht schon wieder ins Krankenhaus!*

3. Kapitel »Angst«

Nora bekam einen Termin für die stationäre Aufnahme auf der Kardiologie des städtischen Krankenhauses. Sie packte wieder ihre Tasche, wie schon so oft. Nora hatte dabei längst eine gewisse Routine entwickelt. Auf der Station angekommen, meldete sie sich beim Schalter an und wartete. Das Prozedere war ihr schon sehr gut bekannt. Sie betrachtete das Personal und dessen Arbeitsabläufe. Die Zeit verging, sie hatten viel zu tun. Hin und wieder kam jemand zu Nora und fragte sie etwas. Ein Getränk wurde ihr gebracht, weil es doch etwas länger dauerte, bis ihr Zimmer fertig war. In der Zwischenzeit konnte Nora beobachten, wie andere Patienten auf die Station kamen und aufgenommen wurden. Es gab viele Zimmer entlang des Gangs. Dann war es so weit. Nora wurde in ihr Zimmer gebracht, ein Einzelzimmer mit einem kleinen Balkon. Sie verstaute ihre Sachen im Schrank und blickte anschließend vom Balkon. Nach einer Weile kam eine Pflegerin zu ihr und legte eine Leitung an ihrem Arm. Anschließend nahm sie ihr noch an einer anderen Stelle Blut ab, drei kleine Röhrchen. Danach legte sich Nora aufs Bett und wartete.

Bei der Visite am Nachmittag erklärte ihr der zuständige Arzt, wie die nächsten Tage ablaufen würden. Noras Blut werde jeden Tag untersucht, und sie müsse einige Tests über sich ergehen lassen. Nora willigte ein, sie hatte ohnehin keine Wahl. Sie wollte ja auch wissen, was mit ihr los war. Warum sie so erschöpft war und warum ihr Immunsystem ihr immer wieder so große Probleme bereitete.

Zwei Tage vergingen, und Nora war schon sehr gespannt auf die Ergebnisse.

An einem Morgen stand sie auf dem Balkon und sah in die Ferne. Sie konnte über einige Dächer der Stadt blicken. Sie holte tief Luft und genoss die Wärme der Sonnenstrahlen. Plötzlich bemerkte sie, wie die Visite ins Zimmer kam. Nora setzte sich auf ihr Bett und hörte gespannt dem Arzt zu, der ihr die Untersuchungsergebnisse erklärte.

»So, jetzt haben wir die Ergebnisse. Die Ultraschalluntersuchungen, Röntgen und Laborwerte. Die Werte erfreuen mich nicht. Sie hatten tatsächlich eine Herzmuskelentzündung gehabt, die Folgen sind eindeutig erkennbar. Diese Krankheit ist sehr schwerwiegend. Sie hatten unwahrscheinliches Glück, wenn Sie allein waren. Sie müssen sehr starke Schmerzen gehabt haben … Herzmuskelentzündungen enden oft tödlich. Auch wenn eine Entzündung überstanden wurde, sind die Folgewirkungen meist beträchtlich. In Ihrem Fall sind Gewebeschäden erkennbar. Deshalb sind Sie auch so erschöpft. Ihr Herzmuskel arbeitet nicht mehr ganz so, wie er soll. Aber um Ihnen die Angst etwas zu nehmen, wir können noch etwas dagegen tun. Eine spezielle Medikamententherapie hier bei uns mit Infusionen und eine gezielte Bewegungstherapie zwecks Kräftigung. Danach werden wir sehen, wie gut die Therapie anspricht und sich so Ihre Lebensqualität verbessern lässt. Was sagen Sie dazu?«, fragte der Arzt.

Nora blieb zunächst stumm. Sie musste die Worte des Arztes erst verarbeiten.

»Es tut mir leid, wenn ich Sie beunruhigt habe, aber ich muss auch auf die ernste Lage hinweisen. Sie ist aber nicht aussichtslos, es besteht Hoffnung. Also nicht verzweifeln. Keine Angst, Sie sind nicht allein, wir helfen Ihnen, wo wir können.«

Nora überlegte eine Weile und willigte schließlich in die Therapie ein.

»Gut, dann leite ich alles in die Wege«, sagte der Arzt und verließ mitsamt seiner Gefolgschaft das Zimmer.

Nora lag auf dem Bett und dachte nach, während sie aus dem Fenster sah.

Ich hatte mir schon gedacht, dass dieser Vorfall in jener Nacht sehr schlimm war. Ich war zwar schon oft krank und hatte sehr starke Schmerzen, aber diese Schmerzen waren mit nichts zu vergleichen. Mein Herz tat so weh ... Aus meinem tiefsten Inneren kamen diese Schmerzen ... furchtbar. Und diese Bewegungsunfähigkeit ... es war grauenhaft. Auch dieses Licht war sehr seltsam. Es kann doch überhaupt kein Licht in mein Balkonfenster scheinen! Und diese äußerst eigenartige Wahrnehmung ... das lässt mich nicht mehr los. Dieses Rauschen oder was immer das war ... es fühlte sich lebendig an. Allein die Vorstellung, dass damals irgendwas bei mir im Zimmer war, jagt mir einen Schauer über den Rücken. Jetzt habe ich doch große Angst. Ich habe zwar ein gutes Feingefühl, was meinen Körper anbelangt, ist auch kein Wunder bei dem, was ich schon alles durchmachen musste, aber diese Gefühle sind so anders. Ich habe so viele Fragen zu dieser Nacht. Aber andererseits möchte ich es vielleicht doch nicht so genau wissen. Ach ... ich mache mich noch selbst verrückt. Aber die Worte des Arztes machen mich auch sehr nachdenklich. Gewebeschäden am Herzen ... das klingt schon sehr ernst. Die großen Schmerzen sind nicht ohne Folgen geblieben ... ich hatte es bereits vermutet. Auf mein Feingefühl ist zwar Verlass, aber ich bin deshalb sehr beunruhigt. Ich habe Angst. Wie wird mein Leben aussehen? Muss ich weiterhin mit Entbehrungen leben? Hatte ich nicht schon genug? Wird es noch schlimmer werden für mich? Kaum vorstellbar! Aber diese Erschöpfungszustände sind zum Verzweifeln, ich hoffe, dass das besser wird. Vielleicht hilft die Therapie ja ... ich wünsche es mir so sehr!

4. Kapitel »Annäherung«

Nora lag im Bett, und die Infusion leerte sich allmählich. Sie sah zu, wie die Flüssigkeit vom Behälter in die Leitung tropfte. Dabei schwelgte sie in ihren Gedanken.

Die erste Infusion ist schon wieder bald leer. Dann sofort die zweite, und ich habe wieder ein bisschen Zeit, bevor am Nachmittag die dritte ihren Zweck erfüllt. Immer das gleiche Spielchen, wie öde. Aber wenigstens hilft es ... zumindest ein bisschen wird es besser. Ich muss Geduld haben, meinte der Arzt. Ob er weiß, dass ich mein Leben lang Geduld gezeigt habe? Na ja, wie sollte er? Er macht nur seinen Job. Und ich bin schon mein ganzes Leben lang mit Krankheiten konfrontiert worden. Da entwickelt man eine eigene Philosophie ... oder Galgenhumor ... je nachdem, in was für einer Stimmung ich gerade bin.

Eine Pflegerin kam herein.

»So, jetzt kommt die zweite Infusion, genau nach Zeitplan«, sagte sie mit einem Lächeln.

Nora erwiderte das Lächeln, denn die Pflegerin hatte ein sehr freundliches Gemüt. Es war ansteckend. Während sie die Infusionen wechselte, drehte sich Nora schnell im Bett. Die langen Ruhezeiten verursachten bei ihr das Verlangen nach Abwechslung.

»So, noch schnell anschließen, und schon kann die nächste Ladung in den Körper. Das wird Ihnen guttun«, sagte die Pflegerin.

»Ja, hoffentlich«, sagte Nora, bemüht gelassen.

»Ganz bestimmt. Und wenn die Infusion leer ist, bekommen Sie das Mittagessen.«

»Was gibt es denn heute? Wieder Schonkost für mich?«

»Ja, die gute Schonkost. Es ist für Sie nur zum Vorteil. Nach einer gewissen Zeit werden Sie sehen, dass ich recht habe.«

»Na, dann hoffe ich, dass die *gewisse* Zeit nicht allzu lange dauert. Ein Essen, das nicht wirklich schmeckt, ist auf Dauer nicht so super.«

»Nur Geduld, das wird schon«, gab die Pflegerin als Antwort und verließ das Zimmer.

Hunger hätte ich schon. Aber das Krankenhausessen ... na ja. Aber mein Appetit ist wieder besser geworden, und das freut mich sehr. Vielleicht komme ich wieder schneller zu Kräften, wenn ich mehr essen kann. Die letzten Tage war ich ja nie so hungrig. Da reichten mir immer Kinderportionen. Ach, das wird schon vergehen. Außerdem bin ich schon froh, wenn ich fast schmerzfrei bin. So sinnierte Nora vor sich hin, während sie aus dem Fenster sah und sich wieder einmal an den Sonnenstrahlen erfreute.

Am Nachmittag bekam Nora also ihre dritte Infusion, die kleinste von den dreien. Nora war immer sehr froh, wenn sie fertig war, denn dann konnte sie sich ein bisschen die Beine vertreten. Mit dem Infusionsständer war sie doch eingeschränkt, und die Ärzte hatten Nora während der Infusionen zu Ruhe geraten.

Als Nora auf dem Balkon ein paar Schritte tat, kam auch schon der Pfleger. Er brachte Nora zur speziellen Bewegungstherapie. Dafür mussten sie ins Erdgeschoss. Der Pfleger brachte Nora immer mit einem Rollstuhl dahin.

Die Therapie wurde immer mit einer gewissenhaften Atemtechnik begonnen. Dabei kam Nora schon ins Schwitzen, ihr Kreislauf wurde dabei ordentlich belastet. Doch mit der Zeit sollte es besser werden, meinte zumindest die Therapeutin. Nora wartete mit Spannung auf den Tag, an dem sich diese Aussage bewahrheiten würde. Danach wurden einige Übungen des Stützapparats durchgeführt. Sie wechselten sich immer ab. Doch Nora war jedes Mal sehr müde dabei, egal welche Übungen es auch waren. Am Ende der Therapie freute sie sich auf den Pfleger, der sie wieder ins Zimmer brachte. Wenn Nora dann wieder im Bett lag, zerrten die Anstrengungen an ihr.

Wieder ein Tag geschafft ... juhu! Die Therapie ist sehr anstrengend, aber ich merke doch einen Fortschritt. Doch der Weg scheint sehr lang ... und sehr mühsam!

Nora sah die letzten Sonnenstrahlen an ihrem Balkonfenster entlangwandern und schließlich verschwinden. Sie war so müde, dass sie ihre Augen nicht mehr offen halten konnte. Sie schlief ein, während sie sich noch dachte: *Wieder vorbei! Ach, was bin ich erledigt!*

Nach ein paar anstrengenden Tagen war es endlich so weit. Die Therapie war beendet. Nora konnte wieder entlassen werden. Sie war darüber sehr froh. Hatte sie doch nun schon wieder einige Zeit im Krankenhaus verbracht. Der Arzt gab ihr Anweisungen für zu Hause und Nora würde auch noch zu regelmäßigen Kontrollen kommen müssen. Doch für sie war es wieder ein Schritt in die Freiheit. Die Kontrollen nahm sie gern in Kauf, da ihr der Arzt versicherte, dass die Therapie geholfen hatte. Darüber waren alle froh. Nora konnte selbst beim Krankenhauspersonal spüren, wie es sich für sie freute. Sie musste an die Worte vom Arzt denken. Er hatte gemeint, wenn die Therapie nicht so gut angesprochen hätte, wären nur noch zwei Alternativen übrig geblieben. Nora hätte entweder eine Operation über sich ergehen lassen müssen, oder ihr wäre ein Herzschrittmacher eingepflanzt worden. Zur Sicherheit, wenn ihr Herzmuskel weiterhin Schwächen oder sogar Aussetzer gezeigt hätte. Aber das war zum Glück nicht der Fall. Nora hatte keine großen Kraftreserven mehr, war nach all der Zeit schon sehr zermürbt. Nun hatte sie doch wieder eine gewisse Zuversicht in den Augen. Obwohl ihre Freude etwas getrübt wurde durch weitere Worte des Arztes. Denn er meinte, dass er nicht mit Sicherheit sagen könne, ob Noras Herz nicht wieder in so einen Zustand wie in der damaligen Nacht kommen könnte. Es sei nicht auszuschließen. Das Risiko gegenüber einem gesunden Menschen sei jedenfalls sehr erhöht. Das blieb in Noras Gedanken verankert. Sie wollte jetzt nichts davon wissen, aber die Angst, dass es wieder einmal passieren könnte, war bei ihr präsent. Sie versuchte es zu verdrängen, aber das Thema ließ sie nicht los, sie machte sich ständig Gedanken darüber.

Zu Hause angekommen, absolvierte Nora zuerst einen kleinen Spaziergang am Wald entlang, den sie so gerne mochte. Die Waldluft und die Sonne taten ihr gut. Sie übertrieb es nicht, denn sie musste ihre Kraft gut einteilen. Die spezielle Therapie hatte ihr dabei geholfen. Am Abend freute sich Nora über ihr eigenes großes Bett. Es war doch sehr viel gemütlicher als ein Krankenbett. Nora schlief in der ersten Nacht zu Hause sehr gut.

Die nächsten Tage schonte sich Nora noch. Sie spazierte immer wieder durch den sonnendurchfluteten Wald. Es war ihr seelischer Höhepunkt jedes Tages. Sie genoss es, allein und in Ruhe den Gerüchen des Waldes und den Geräuschen der Waldtiere zu frönen. Nora konnte so ihre Seele baumeln lassen, und dabei vergaß sie all ihre Sorgen. Diese wertvollen Minuten brachten ihr viel Kraft.

So vergingen die Tage, und Nora erholte sich gut. Sie fühlte sich kräftiger, hatte wieder mehr Freude, und das zeigte sie auch. Die düstere Zeit schien vorüber zu sein. Nora strahlte wieder mehr Optimismus aus. Auch ihre Umgebung nahm das mit Freuden wahr. Ihre Familie und Freunde waren in tiefer Sorge gewesen. Sie alle fieberten mit Nora mit.

In Momenten der Einsamkeit schöpfte Nora viel Energie. Doch ihre Gedanken waren nicht nur die der Freude über die wiedergewonnene Kraft. Dieses eine Erlebnis konnte Nora nicht vergessen. Sie wusste, dass sie diese Nacht niemals in ihrem Leben mehr vergessen würde. Speziell dieser eine Moment, als sie glaubte, sie könne nicht mehr. Als die Schmerzen ihr die Sinne raubten. Dieser Moment hatte sich in ihr so tief festgesetzt, er war ein Bestandteil in Noras Leben, ob sie es wollte oder nicht. Immer wieder dachte Nora auch mit Schrecken und Argwohn an die Sekunden ihrer seltsamen Wahrnehmung. Dieses eigenartige Rauschen in ihrem Zimmer. Diese Anwesenheit von was auch immer. Es machte Nora Angst. Zuerst hatte sie an eine Sinnesverwirrung geglaubt. Sie hatte schon öfter durch starke Schmerzen einen gewissen Trancezustand erlebt. Doch dieses Mal glaubte sie nicht daran. Dieses Unbekannte ließ Nora nicht mehr los. Sie musste ständig daran denken. Sie sprach aber mit niemandem darüber. Und bald darauf verdrängte Nora die Geschehnisse von damals, so gut es ging, und sie versuchte sich an ihrer momentan guten Lage zu erfreuen.

5. Kapitel »Bewusstsein«

Nora hatte ihr Leben wieder im Griff. Sie konnte wieder alles machen, auch die Dinge, die ihr Spaß bereiteten. Für ihre Umgebung sah es so aus, als ob sie die schlimme Zeit überstanden hätte. Sie selbst war sehr froh darüber, und das zeigte sie auch in ihrem Alltag. Nora ging in regelmäßigen Abständen zur Kontrolle ins Krankenhaus. Die Werte waren so weit gut. Sie machte auch fleißig ihre Übungen weiter, die sie in der speziellen Bewegungstherapie gelernt hatte. Dabei teilte sie ihre Kraft sehr genau ein. Sie machte ihre Sache sehr gut, es funktionierte. Nora merkte auch rasch, wann sie es übertrieb, denn ihr Körper zeigte sofort Ermüdungserscheinungen. So tastete sie sich an ihre körperlichen Grenzen heran, hatte auch das notwendige Bewusstsein, um sie auszuloten. Sie hatte auch einen guten Antrieb, denn sie wollte nie mehr so schwach werden, wie sie es damals war. Auch wollte sie nie mehr Schmerzen empfinden, und schon gar nicht so schlimme wie in jener Nacht. Nora dachte sich, wenn sie die Übungen regelmäßig absolvierte und es dabei nicht übertrieb, könnte der damalige Zustand nicht wieder eintreten. Sie musste dabei allerdings auch Abstriche in ihrem Leben machen aufgrund ihres perfekten Zeitplans und der damit verbundenen Anstrengungen. Sie konnte nicht immer mit ihren

Freunden oder der Familie unterwegs sein, wenn diese es wollten. Sie musste notgedrungen mehr vorausdenken. Ihre Energie stand nur zu einem gewissen Teil zur Verfügung. Nora teilte es sich aber gut ein. Ihr Arzt hatte ihr unmissverständlich klargemacht, wie gefährlich es für sie werden konnte, wenn sie nicht genau auf sich aufpasste. Ihr Herz hatte Schäden davongetragen, und die ließen sich nicht ohne Weiteres reparieren. Damit müsste sie jetzt leben, und es könnte noch schlimmer kommen, so der Arzt. Diese Worte sorgten für ein waches Bewusstsein bei Nora, ebenso die Erinnerung an das, was mit ihr damals in jener Nacht passiert war. Die Erinnerung an die Wahrnehmung, die Angst und die Schmerzen verursachten bei Nora schnell leichte Panik. Sie versuchte dann alles wieder zu verdrängen, um sich zu beruhigen. Doch sie konnte nicht umhin, ihre Gedanken immer wieder auf diese Wahrnehmung zu lenken. Sie ertappte sich selbst dabei. Es war eben sehr einschneidend für Nora. Immer öfter musste sie an das Ende eines Lebens denken. Was passierte, wenn man starb? Sie hatte früher nie wirklich darüber nachgedacht, aber jetzt, nach den Erlebnissen, dachte sie sehr oft daran.

War ich damals an der Kippe? War es ein schmaler Grat, auf dem ich wanderte? Viele Menschen, die sogenannte Nahtoderlebnisse hatten, berichteten immer von einem Licht, das auf sie zukam. War es das auch bei mir? Die Mediziner sagen zwar, dass sich spezielle Vorgänge im Hirn abspielen, wenn jemand dabei ist zu sterben, und deshalb sieht derjenige ein Licht. Ich bin nie wirklich gläubig gewesen, aber wenn so viele Menschen glauben, so etwas erlebt zu haben, könnte es tatsächlich so sein? Warum berichten unterschiedliche Menschen von gleichen Erlebnissen? Könnte es sein, dass doch etwas dran ist? Die Wissenschaftler wollen alles erklären können, die Vorgänge und so. Aber die Gläubigen wollen ebenso **ihre** Wahrheit kennen, oder? Was ist also wirklich wahr? Ich würde es gern wissen. Mit diesem Thema habe ich mich noch nie so intensiv auseinandergesetzt, nur immer so beiläufig. Meist habe ich es verdrängt. Aber nun ... bin ich selbst in so einer Lage gewesen? War das damals ein Nahtoderlebnis? Wenn ja, war es wohl sehr knapp für mich. Ich empfinde eine Traurigkeit in mir, wenn ich daran denke, dass ich damals ganz allein war. Zwar würde ihr niemand helfen können, wenn es so weit war, aber jemand bei sich zu haben, gibt einem schon Rückhalt. Und was wäre es für ein Schock gewesen für meine Eltern, wenn sie mich tags darauf gefunden hätten! Einfach so von ihnen gegangen, was muss das für ein Schock sein! Allein der Tod ist schon sehr schwierig zu verarbeiten, aber wenn man keine Gelegenheit bekommt, sich zu verabschieden, wiegt das besonders schwer. Ach, ich möchte nicht so genau darüber nachdenken ... aber es lässt mich nicht los! Ich würde zu gerne wissen, was passiert, wenn es so weit ist. Was kommt danach? Kommt überhaupt etwas danach? Ist es ein für alle Mal vorbei? Gelebt und dann einfach für immer ausgelöscht? Kann das sein? Oder gibt es mehr? Aber auch wenn die Mediziner meinen, es sei ein natürlicher Vorgang, dieses Licht zu sehen, was war dann dieses Rauschen? Ist das auch ein natürlicher Vorgang? Dieses Etwas, das ich gefühlt habe! Es war so wirklich für mich damals! War das auch einfach nur ein chemischer Vorgang im Körper? Oder war es etwas ganz anderes? Wenn ich diese Frage sofort beantworten müsste, würde *ich sagen … nein, das war kein natürlicher, rational erklärbarer Vorgang. Ich konnte es deutlich fühlen, was immer es gewesen ist, es war real für mich. Trotz meinen Schmerzen und diesem Licht, das meine ganze Aufmerksamkeit auf sich zog, konnte ich dieses Etwas wahrnehmen. Es war in meinem Zimmer, und es bewegte sich. Ich konnte es eindeutig feststellen! Das konnte doch keine Einbildung gewesen sein … oder doch? Am Schluss kam es mir vor, als umhüllte es mich, es war überall. Ich empfand das nicht als unangenehm, es klingt verrückt … aber ich fühlte fast einen Schutz. Ich kann mir das auch nicht erklären, aber ich konnte das so trotz meiner Schmerzen und Panik fühlen. Als wollte es mich vor dem Licht bewahren … Läuft das so ab, wenn man stirbt? Fühlt es sich so an? Ich weiß es nicht, aber ich weiß genau, was ich empfunden … was ich gefühlt hatte. Das kann doch keine Einbildung sein, wenn es sich so echt, so real anfühlt. Ich weiß noch jedes Detail, obwohl es schon mehrere Wochen lang her ist. Ist das nicht seltsam? Die Menschen vergessen mitunter die Dinge wieder, auch die intensiv erlernten. Aber diese Erlebnisse sind in mir so tief verwurzelt … das vergesse ich niemals! Dessen bin ich mir sicher … sehr sicher!*

6. Kapitel »Gemischte Gefühle«

Nora hatte gemischte Gefühle, von himmelhoch jauchzend bis zu Tode betrübt. Die Fragen, die sie hatte und die ihr niemand wirklich beantworten konnte, quälten sie. Sie dachte viel über die letzte Zeit nach. Die Erlebnisse waren so tiefgreifend und einschneidend für sie. Trotz ihrer krankheitsbedingten Entbehrungen schaffte sie es immer wieder, sich aufzurappeln. Ihren Lebensmut und ihre Freude am Leben hatte sie nie verloren. Doch es war auch noch nie so schlimm gewesen wie in dieser einen Nacht. Diese Nacht konnte Nora nicht mehr vergessen. Sie konnte aber auch mit niemandem darüber reden. Ihre Familie wollte sie nicht belasten, denn sie sah, wie sie sich freuten, dass es ihr wieder gut ging. Da wollte sie keine Belastung sein. Doch auch mit ihren Freunden war es schwierig. Sie hatte das Gefühl, dass niemand so richtig verstehen konnte, was ihr widerfahren war. Dass niemand nachempfinden konnte, was sie gefühlt hatte. Es war für Nora schwer hinzunehmen, dass sie zwar unter Freunden war, aber in gewisser Weise dennoch allein. Sich nicht richtig austauschen zu können, wenn einem etwas auf der Seele brannte, war nicht schön. Sie überlegte sich, ob es für sie einfacher wäre, mit den Ärzten zu sprechen oder mit extra geschulten Therapeuten. Nora hatte es sogar mehrmals versucht, doch sie hatte leider stets erkennen müssen, dass sie sich gern auf einer anderen Wellenlänge unterhalten hätte. Nora bemerkte in relativ kurzer Zeit, dass die jeweiligen Ansprechpartner ihr erlerntes Schema zum Besten gaben. Sie wollte aber mehr ... viel mehr. Die Antworten blieben ihr verwehrt. Das frustrierte Nora. Doch das wollte sie nicht zulassen. Sie wollte ihre wiedergewonnene Gesundheit und damit ihre Freiheit durch nichts trüben lassen. So verhielt sie sich wieder bedeckt, was dieses Thema anging. Sie wollte an ihren schönen Gefühlen nichts Schlechtes heranlassen. Nora fand einen speziellen Weg für sich, mit diesem Thema umzugehen. Sie kapselte die unerklärlichen Erlebnisse ab und verdrängte sie. Das funktionierte für sie so weit. Ihre Umgebung, ihre Familie, ihre Freunde waren über ihren guten Zustand erfreut, und so ließ sich Nora nichts weiter anmerken. Sie behielt einfach gewisse Dinge, die sie doch intensiv beschäftigten, für sich. Versuchte sich an den schönen Dingen des Lebens und vor allem an ihrem momentanen Gesundheitszustand zu erfreuen. Jedoch in bestimmten Augenblicken konnte Nora nicht anders. Dann machte sie sich viele Gedanken über ihre Erlebnisse, die sich ihr so sehr ins Gedächtnis gebrannt hatten. Es war wie ein starker Sog. Es zog Nora in den Bann. Gerade wenn sie etwas zur Ruhe kam, verfolgten sie oft ihre Gedanken. Kurz vorm Einschlafen war immer so ein gefährlicher Punkt. Nora brauchte dann meist sehr lange, um einschlafen zu können. Die Gedanken ließen sie nicht los. Nora recherchierte auch im Internet viel über solche Phänomene, wie sie eines erlebt hatte. Sie war über die große Anzahl der Beiträge überrascht, die es über solche Themen gab. Aber darunter war auch viel Ramsch, wie sie es selbst bezeichnete.

Die Zeit verging, und Nora fand viel Interessantes, aber nichts, was ihr weiterhelfen konnte. Nach einer gewissen Zeit verlor sie die Motivation, weiterhin im Internet zu suchen. Sie hatte sich schon fast damit abgefunden, dass sie keine Antworten auf ihre Fragen bekommen würde.

Eigenartig ist das schon. Viele Krankheiten und Schmerzen habe ich im Laufe meines Lebens erdulden müssen. Aber an den Tod habe ich nie wirklich gedacht. Wer will sich schon ernsthaft damit auseinandersetzen? Ich kenne niemanden. Doch nun denke ich sehr oft daran. Wie wird es wohl sein? Was kommt danach? Wie schmerzhaft wird es? Wird es genauso sein, wie ich es damals gespürt hatte? O nein ... diese Schmerzen ... sie waren sehr heftig gewesen! Das möchte ich nicht noch einmal durchleben müssen. Aber haben wir denn eine Wahl? Wahrscheinlich nicht. Viele Menschen in meinem Umfeld sagen, sie würden nicht wissen wollen, wann es so weit ist. Ich dagegen muss für mich sagen ... ich möchte es wissen. Ich möchte wissen, wie viel Zeit mir noch bleibt. Ich würde mir mein Leben einteilen. Dinge noch erleben, die ich immer machen wollte. Und wenn mir nur noch sehr wenig Zeit bleiben sollte, dann würde ich mich auf meine engsten, vertrauten Personen und die für mich wichtigsten Dinge konzentrieren. Ach, ich bin schon wieder so schwarzmalerisch unterwegs! Diese pessimistischen Gedanken, ich will sie gar nicht haben, aber es beschäftigt mich so sehr. Wer könnte mir ernsthaft Antworten auf meine Fragen geben? Oder ist es so, dass wir Menschen nur warten müssen, bis es so weit ist? Erfahren wir dann, was kommen wird?

Nora ärgerte sich in dem Moment ein wenig über sich selbst. Ihre Gefühle waren wieder in Aufruhr. Sie wollte nicht mehr Trübsal blasen. Sie wollte sich an den schönen Dingen des Lebens erfreuen. Aber ihre Fragen beschäftigten sie mehr, als sie sich eingestehen wollte.

7. Kapitel »Motivation«

Nora beschloss, nicht mehr so viel Zeit mit ihren Fragen zu verbringen. Sie fand sich mit ihrer Situation ab, so wie sie war, und richtete ihren Blick wieder nach vorn. Ihr ging es so weit gut, sie hatte wenig bis keine Schmerzen, ihre Kraft nahm fast täglich zu, und somit wuchs auch ihre Motivation wieder. Sie ging wieder mit ihren Freunden aus, die sich darüber freuten. Nora war nach einem solchen Abend zwar sehr müde und benötigte meist ein oder zwei Tage, um wieder fit zu werden, hatte aber dennoch Freude daran. Diese Strapazen waren für Nora Bestandteil ihres Lebens geworden, sie ging mittlerweile gut damit um. Auch die Spaziergänge im Wald erhöhten ihre Lebensfreude. Nora verlor sich richtiggehend darin. Die Sonnenstrahlen, die durch die dichten Äste schienen, trugen ihren Teil dazu bei. Nora mochte das besonders im Herbst, wenn die Farben der Natur intensiv waren und die Umgebung eine ganz eigene Reinheit besaß. Nora war immer wieder beeindruckt, wenn leichte Nebelfelder über die Landschaft zogen, die Sonnenstrahlen dann durch die nebelverhangenen Äste fielen. Das Schauspiel, das sich ihr dabei manchmal bot, faszinierte sie. Nora blieb dann oft lange im Wald stehen. Die Gebilde, die in den sonnendurchfluteten Nebelfeldern entstanden, ähnelten für Nora manchen

Darstellungen von Engelserscheinungen. Sie schöpfte aus diesem Anblick viel Kraft. Dabei musste sie schmunzeln, wenn sie sich dabei ertappte, wie sie so schnell an Engel denken musste.

Plötzlich krachte es hinter ihr. Sie fuhr erschrocken herum und sah einen Wanderer auf sie zukommen. Er hatte gerade einen kleinen Ast zertreten. Nora hatte vergessen, dass sie nicht immer allein im Wald war. Hier verlief ein markierter Weg. Der Mann grüßte Nora im Vorbeigehen, und sie erwiderte den Gruß. Nora musste lächeln, weil auch der Mann schmunzelte. Er hatte mitbekommen, wie sie erschrocken war. Der Mann entschuldigte sich und entfernte sich raschen Schrittes. *So schnell könnte ich nicht lange gehen,* dachte sie. *Da würde ich bald schlappmachen. Aber ich will ja die Natur genießen und nicht einen Marathon gewinnen.*

Beim Heimweg konnte Nora ein Eichhörnchen beobachten. Dabei musste sie auch schmunzeln, denn sie fand diese Tiere herzallerliebst.

Nora ging es immer besser. Sie machte ihre Übungen nun jeden zweiten Tag. Einen Ruhetag dazwischen benötigte sie nach wie vor. Das Training zahlte sich aus, Nora wurde wieder kräftiger. Sie war zwar keine Sportlerin, aber für sie reichte es. Sie hatte nur ein Ziel ... nämlich ihren Alltag ohne Schmerzen gestalten zu können. Das funktionierte so weit sehr gut, was Nora natürlich freute.

Mit der Zeit normalisierte sich ihr Leben. Sie behielt zwar im Blick, nicht zu viel Energie auf einmal zu verbrauchen, aber es war nicht mehr nötig, fast ständig daran zu denken, so wie es noch vor ein paar Wochen der Fall gewesen war. Nora verbrachte immer mehr Zeit mit ihren Freunden. So vergingen die Wochen und Monate, zwei Jahre zogen ins Land. Nora hatte nun weniger Arzttermine, und sie pendelten sich auf Routinekontrollen ein. Die Zeitabstände waren nun so groß, dass Nora nicht mehr ständig an Ärzte und Untersuchungen denken musste. Es lief eher so nebenbei mit. Nora führte fast ein normales Leben, so gewöhnlich wie bei jedermann.

8. Kapitel »Dämpfer«

Nora freute sich. Ein Ausflug mit ihren Freunden stand bevor, ein richtiger kleiner Abenteuerurlaub, Camping an einem See auf einer Alm. Eine sehr schöne Gegend, und die Wettervorhersage war hervorragend. Vier Freunde, und mit zwei Autos wollten sie fahren, schön aufgeteilt, um mit dem Gepäck keine Probleme zu haben. Auch ihre Fahrräder hatten sie dabei. Ein Auto hatte Träger für die Räder, und deshalb wurden die meisten Koffer in das andere Fahrzeug verladen. Ein bisschen musste sich Nora noch gedulden, denn es war fast noch eine Woche bis zur Abreise. Sie war aufgeregt. Es war so lange her, dass sie so etwas wie einen Urlaub hatte mitmachen können. Sie fieberte dem Abreisetag entgegen. Ein paar Telefonate mit ihren Freunden zwischendurch sollten die Wartezeit verkürzen. Sie besprachen, wie sie den Urlaub verbringen wollten. Dabei ließen sie ihrer Fantasie freien Lauf. Die Vorfreude war bei allen sehr groß.

Zwei Tage vor der Abreise war Nora schon fleißig am Packen. Alles, was sie sich vorgenommen hatte, konnte sie rechtzeitig erledigen. Ein Buch ragte ein Stück aus dem Koffer. Nora wollte es zunächst richtig hineinpacken, aber als sie es in der Hand hielt, blieb sie am Klappentext hängen. Die wenigen Zeilen weckten ihre Neugier. Sie betrachtete das

Cover, und es zog Nora regelrecht an. Ihr fiel wieder ein, weshalb sie das Buch gekauft hatte. Ihr Blick war damals sofort auf das Titelbild gefallen, und es hatte sie von der Sekunde an nicht mehr losgelassen. Ein wunderschöner Sonnenuntergang am Strand war darauf zu sehen. Die Titelschrift war sorgfältig gewählt worden, es wirkte sehr stimmig. Bild und Klappentext versetzten Nora jetzt in einen besonderen Zustand. Sie wollte sofort wissen, welche Geschichte sich dahinter verbarg. So kam es, dass sie das Buch nicht wieder in den Koffer packte. Da es bereits Abend war, machte sie sich bereit für die Nacht und ging zu Bett. Doch sie legte sich nicht gleich schlafen, sondern nahm das Buch zur Hand und fing an zu lesen.

Die Geschichte begeisterte Nora so sehr, dass sie das Buch bald komplett durchgelesen hatte. Es dauerte zwar die halbe Nacht, aber Nora hatte eine große Freude daran. Schließlich lag sie erschöpft im Bett und dachte über das gerade Gelesene nach.

Eine schöne Geschichte. Und es gab ein schönes Ende. Das freut mich. Das Buch war richtig gut zu lesen. Die zwei Hauptfiguren hatten zueinandergefunden, und die Handlungsschauplätze waren sehr schön beschrieben. Ach ... eine Herzschmerzgeschichte, würde meine Freundin sagen. Und ja ... ich würde ihr recht geben.

Nora musste lachen bei den Gedanken. Sie dachte noch ein paar Minuten über die Geschichte nach, bis sie schließlich einschlief.

Am nächsten Morgen wachte Nora zufrieden auf.

»Ah ... hab ich gut geschlafen«, sagte sie zu sich selbst.

Sie streckte sich im Bett und gähnte laut.

Ich sollte öfter solche Bücher lesen. Diese Art von Geschichten wirken faszinierend auf mich ... und wie man sieht, sorgen sie auch für angenehmen Schlaf.

Plötzlich klingelte Noras Handy. Wer rief denn schon so früh am Morgen an?

Es war ihre Freundin Sarah.

»Hallo, guten Morgen. Was verschafft mir die frühe Ehre?«, fragte Nora.

Ihre Freundin meldete sich, weil sie Nora einladen wollte. Überraschenderweise war sie bei einem Hobbytennisturnier zwei Runden weitergekommen, und deshalb wollte sie um Unterstützung bitten. Am heutigen Nachmittag begann die nächste Runde. Nora sagte zu. Sie wollte ihre Freundin unbedingt von der Tribüne aus anfeuern, war sie doch ein riesiger Tennisfan. Sie notierte sich Treffpunkt und Uhrzeit.

Als es so weit war, stieg Nora in ihr Auto. Sie musste nur noch tanken, aber das war kein Problem, eine Tankstelle befand sich ganz in der Nähe. Als sie gerade beim Tanken war, bemerkte sie, wie ein ihr bekanntes Auto auf das Gelände fuhr. Es war der Freund von Sarah.

»Hallo, Daniel!«, rief Nora über die Zapfsäulen.

Daniel wandte sich Nora zu und sagte überrascht: »Hey, Nora ... was machst du denn hier? Ich dachte, du bist schon bei Sarah.«

»Bin gerade auf dem Weg.«

»Genau wie ich. Komme gerade von der Arbeit.«

An der Kasse unterhielten sie sich noch kurz. Da schlug Daniel vor, dass sie beide doch mit einem Auto fahren könnten. Nora fand die Idee gut und parkte ihr Auto bei der Tankstelle. Sie stieg zu Daniel ins Auto, und sie fuhren los. Der Weg zu Sarah führte über einen kleinen Pass. Es waren ein paar Kilometer bis zum Ort, in dem das Turnier stattfand. Ungefähr eine halbe Stunde Fahrzeit. Nora und Daniel hatten Spaß während der Fahrt. Doch als sie auf der anderen Seite des Passes hinunterfuhren, verschlechterte sich das Wetter. Es begann leicht zu tröpfeln.

»Oje, das sieht nicht gut aus. Die Wolken werden immer dunkler, je näher wir Sarah kommen«, meinte Nora.

»Ja, das ist leider gar nicht gut. Ich weiß nämlich, dass der Turnierveranstalter nur Freiluftplätze hat. Dann wird es wohl nichts werden mit dem Tennisspielen, leider«, sagte Daniel.

So war es dann auch. Als die beiden ankamen, regnete es in Strömen. Nora hatte von Sarah erfahren, dass das Turnier abgesagt wurde. Die Spiele wurden vertagt.

»Also eine Fahrt umsonst«, sagte Daniel.

Nora war enttäuscht, aber nicht so sehr wie Sarah. Sie wollte unbedingt Tennis spielen. Sie hatte sich schon sehr darauf gefreut.

»Na ja, dann feuern wir dich eben nächstes Mal an«, wollte Nora sie ermuntern.

Sarah lächelte. »Ich muss zur Turnierleitung. Ich weiß noch nicht, wie lange es dauert, es könnte sein, dass sie eine neue Auslosung durchführen wollen. Ihr könnt schon losfahren. Ich komme mit meinem Auto nach«, sagte Sarah.

Nora und Daniel waren einverstanden und fuhren wieder heim. Der Regen wurde stärker, es goss wie aus Kübeln. Nora sah mit Sorge, dass der Scheibenwischer von Daniels Auto kaum hinterherkam.

Nach ein paar Kilometern kamen die beiden wieder an dem kleinen Pass an. In dem Moment ließ der Regen nach. Die Straßen waren aber noch nass. Einige Autos fuhren sehr langsam.

»Die sind von auswärts«, meinte Daniel. »Sie kennen die Straße nicht so gut, deshalb fahren sie so langsam.«

Beim langsamen Hinterherfahren wurde Daniel nervös. Nora bemerkte das. Denn immer, wenn er nervös wurde, war er sehr kribbelig in allem, was er tat. Das war für Sarah und Nora sonst immer lustig anzusehen, doch im Moment war Nora nicht zu Scherzen zumute. Sie kannte die Strecke gut und wusste, dass es hier oft Unfälle gab.

Nora hielt sich instinktiv fest, denn plötzlich stieg Daniel aufs Gas. Er überholte gleich zwei Autos. Die Stelle war zwar geeignet für ein solches Manöver, die Sicht nach vorn war gut, aber dennoch bekam Nora ein beklemmendes Gefühl in der Magengegend. Daniel fuhr rasch an den beiden Autos vorbei.

Er reihte sich wieder ein und meinte: »So, wir sind vorbei. Du brauchst keine Angst zu haben. Ich kenne die Straße wie meine Westentasche.«

Nora lächelte etwas gezwungen, denn Daniel fuhr sehr rasant für das Wetter. Sein Auto lag zwar gut auf der Straße, es gab kein Wackeln oder Schaukeln in der Kurve, aber Nora würde auf dieser regennassen Straße nie so schnell fahren. Etwas weiter vorn sah Daniel noch ein Auto. Er stieg noch mehr aufs Gas.

»Den überhole ich noch. Dann haben wir freie Fahrt über den Pass.«

Noras beklemmendes Gefühl wurde stärker. Daniel beschleunigte nochmals und überholte das Fahrzeug. Nach einigen Metern sagte er zu Nora: »Siehst du, kein Grund, Angst zu haben. Jetzt haben wir keine Kriecher mehr vor uns.«

Während Daniel diese Worte sagte, drehte er sich zuversichtlich zu Nora. Sie schmunzelte etwas verlegen. Daniel sah wieder auf die Straße. Es kamen nun zwei lang gezogene Kurven, dann ein Stück fast geradeaus, und danach stieg die Straße an.

In der nächsten Kurve brach das Heck aus. Nora bekam große Panik. Daniels Auto geriet ins Schleudern. Für die regennasse Fahrbahn war die Geschwindigkeit zu hoch. Nora krallte sich an der Lehne fest. Daniel versuchte das Auto abzufangen. Doch er schaffte es nicht. Das Fahrzeug kam von der Fahrbahn ab. Der Wagen schlitterte seitlich dahin, bis ein Strommast im Weg war. Der Wagen touchierte den Mast.

Nora saß plötzlich auf dem Beifahrersitz eines Wagens, der soeben in einen Unfall verwickelt worden war.

9. Kapitel »Übergang«

Nora konnte es nicht glauben. Sie versuchte mit allen Mitteln, die Angst zu verdrängen.

Das kann doch nicht wahr sein. Das passiert jetzt nicht wirklich ... nein, nein ... bitte nicht. Bitte kein Unfall.

Noras Gedanken rasten. Ihr blieb die Luft weg, ihr Herz raste, ihr Körper schüttete Adrenalin aus. Nora hatte sofort bemerkt, wie das Heck von Daniels Auto ausbrach. Viel zu schnell war er in die lang gezogene Kurve gefahren. Es war eine Rechtskurve, und es ging blitzschnell. Nora fühlte, wie der Wagen zu schlittern begann, und sie sah, wie Daniel hektisch am Lenkrad agierte. Er versuchte das Fahrzeug abzufangen und es gelang ihm fast. Es drehte sich nicht komplett, sondern rutschte mit der linken Seite voraus die Straße entlang. Doch nach ein paar Metern kam es von der Straße ab. Rechts von der Straße geriet es auf das nasse Gras. Das Auto mit Nora und Daniel steuerte nun seitlich auf ein Brückengeländer zu. Wenn es diesen Weg beibehalten sollte, würde das Geländer direkt bei der Fahrertür durchbrechen. Daniel versuchte alles, um den Wagen irgendwie unter Kontrolle zu bekommen, doch es half nichts mehr. Der Wagen rutschte weiter ins Gras ab, und Nora sah verängstigt, wie sie auf einen Strommast zusteuerten. Nora konnte nur tatenlos zusehen, sie war starr vor Angst. Da krachte es, der Wagen traf den Strommast mit der linken vorderen Seite. Nora wurde in den Gurt gedrückt. Der Wagen drehte sich schnell mehrmals um die eigene Achse. Nora konnte nicht mehr erkennen, was sich außerhalb abspielte. Die Umgebung raste verschwommen an der Windschutzscheibe vorbei. Nora hatte große Panik. Sie konnte nur sehen, wie Mengen an Dreck, Ästen, Gestrüpp und Wasser auf die Scheibe klatschten. Die Scheibe bekam davon leichte Risse. Nora wurde es flau im Magen. Sie nahm wahr, wie es sie fest in den Sitz drückte. Der Gurtstraffer hatte sich aktiviert. Im nächsten Moment fühlte es sich für Nora so an, als ob sie rückwärts einen Abhang hinunterstürzten. Für einen kurzen Augenblick war Nora schwerelos. Doch das änderte sich schlagartig, denn sofort danach gab es einen gewaltigen Knall, und Nora wurde regelrecht in den Sitz gestaucht. Die Luft wurde dabei aus ihren Lungen gepresst. Aber sie kam nicht zur Ruhe, denn im nächsten Augenblick polterte und ruckelte das Auto wie verrückt. Nora schlug sich dabei das Knie am Armaturenbrett an und spürte einen dumpfen Schmerz. Sie versuchte sich irgendwo festzuhalten, doch es gelang nicht. Die Kräfte, die an dem Auto zerrten, waren zu groß. Einzig der Gurt hielt sie in den Sitz gedrückt. Ihre Glieder schlugen im Innenraum umher, sie konnte sie unmöglich kontrollieren. Nora versuchte ihren Kopf irgendwie zu schützen, spürte aber die enorme Kraft, die an ihrem Hals wirkte. Sie bekam keine Luft mehr. Den Mund hatte sie weit geöffnet, aber sie konnte nicht mehr atmen. Sie spürte jeden Herzschlag wie einen Presslufthammer in sich. Es tat ihr sehr weh. Plötzlich fühlte sie, wie ihr Körper schlagartig alle Reserven mobilisierte, die er noch zur Verfügung hatte. Er schüttete so viel Adrenalin aus, wie er nur konnte. Doch es half nicht. Noras geschädigtes Herz hörte aufgrund ihrer großen Panik jäh auf zu schlagen. Im nächsten Augenblick sah sie nur noch Finsternis. Die Zeit wurde angehalten.

Nora spürte kein Ruckeln oder schlagartige Bewegungen mehr. Es war seltsam ruhig geworden. Auf einmal konnte Nora wieder sehen. Es wurde wieder hell um sie herum. Nora wunderte sich, da sie nun einen eigenartigen, sehr starken Sog verspürte. Etwas Starkes zog sie förmlich aus dem Wagen. Nora bekam wieder einen großen Schock. Sie sah sich selbst im Auto. In diesem Moment hatte sie ein so befremdliches Gefühl, dass sie nicht wusste, wie sie damit umgehen sollte. Es blieb ihr aber ohnehin keine Zeit oder Möglichkeit zu reagieren. Sie war nur noch Passagier. Noras Angst war sehr groß, als sie Daniel und sich selbst im Auto festgegurtet sah. Es schien ihr so, als ob sie sich aus ihrem Körper entfernt hatte und nun auf sich selbst sah. Daniel und sie wirkten dabei wie erstarrt. Es war keine Bewegung feststellbar. Nora weinte, als sie sich von ihrem Körper nach oben hin entfernte. Ein leichtes Gefühl breitete sich dennoch in ihr aus. Nora blickte nach unten, und sie beobachtete, wie sie ihren Körper weiter verließ und er immer kleiner wurde. Sie entschwand aus dem Wagen, und Zeit und Realität schienen ihr zu entrinnen. Der Sog, der sie nach oben zog, wurde stärker. Alle möglichen Gefühle stürmten dabei auf Nora ein. Sie konnte nicht sagen, wie lange sie diesen starken Sog fühlte. Immer weiter entfernte sie sich von der Unfallstelle, von der Region, vom Land und sogar von der Erde. Sie stieg schnell in ungeahnte Höhen. Als ob sie zu den Sternen schwebte. Raum und Zeit hatten für sie nun keine Bedeutung mehr, Nora fühlte nur noch. Sie nahm zwar noch ihren Körper wahr, doch schien es so für sie, als ob sie über der Erde schwebte. Einzig allein ihre Gefühle spürte sie noch sehr stark. Sie benötigte auch keinen Sauerstoff mehr zum Atmen, und sie fühlte keine Schmerzen. Auf einmal wurde für Nora alles unwichtig. Alles, was sie in ihrem Leben erlebt hatte, hatte plötzlich keine Bedeutung mehr, nicht die geringste. Nora konnte sich augenblicklich an jedes Detail in ihrem Leben erinnern. Es kam ihr so vor, als ob ihr ganzes Leben in einer Minisekunde an ihr vorbeilief. Von der Geburt an, als sie ein kleines Mädchen war, bis sie zur jungen Frau heranwuchs. Es stimmte jedes noch so kleine Detail, alles, was sie als Mensch ausmachte. Sie sah sich selbst ... ihr ganzes Leben, vor ihren eigenen Augen. Dabei zog es sie weiter nach oben. Sie fühlte sich schon hoch über den Sternen. Alles um sie herum verschwand in der Bedeutungslosigkeit, nur eines nicht – die starke Bindung zu ihren Eltern. Sie war das Einzige, was Nora so stark empfand. Auf dem Weg nach oben fühlte Nora zunächst auch noch starke Gefühle für ihre wahren Freunde. Doch sie schwebte weiter, und die Gefühle für ihre Eltern waren um ein Vielfaches stärker. Nora fühlte bald nichts Stärkeres und auch nichts anderes mehr. Doch zugleich spürte sie, wie sie sich von ihren Eltern verabschiedete. Nicht mit Worten, es waren nur tiefe Gefühle zu spüren, wie eine eigene Sprache. Nichts war so stark für Nora gewesen wie die Bindung zu ihren Eltern. Aber nun löste sich die Verbindung, und das schien in Ordnung zu sein. Denn die starke Bindung zu ihren Eltern nahm plötzlich ab und verschwand zusehends. Etwas noch viel Stärkeres, noch viel Größeres und Tieferes zog an Nora. Es war *so* stark. Nichts, was Nora je erlebt hatte, war so stark gewesen. Nicht einmal die Schmerzen, die sie im Laufe ihres Lebens hatte aushalten müssen. Die Verabschiedung ihrer Eltern empfand Nora augenblicklich als gut. Sie hatte keine Trauer in sich. Denn die Kraft, die sie so mächtig nach oben zog, strahlte etwas sehr Positives für Nora aus. Sie war überwältigt. Sie wollte unbedingt dorthin, wollte nicht mehr zurück. Sie empfand so viel Freude, so viel Glückseligkeit. Die Kraft zog sie so stark an, Nora konnte sich nicht dagegen wehren und sie wollte es auch nicht. Sie genoss den schwerelosen Zustand außerhalb ihres Körpers. Sie hatte keine Gestalt mehr. Noras Freude kannte keine Grenzen, sie wollte nur noch dorthin, wo die unbändige Kraft sie hinzog.

Plötzlich stoppte Nora. Sie war sehr verwundert. Sie war mitten im schwerelosen Raum. Keine Arme oder Beine waren vorhanden. Sie empfand das aber nicht als schlimme Situation. Ganz im Gegenteil sogar. Nora war befreit von ihrem Körper. Sie war nicht mehr eingeschränkt oder musste sich an Grenzen halten. Sie war frei … völlig frei und unbeschwert. Das gefiel ihr außerordentlich gut. Sie empfand eine glückselige Wärme. Und dann war da etwas, was sie sehr neugierig machte.

Sie spürte eine Anwesenheit.

Sie war nicht mehr allein.

Etwas kam zu ihr, und es war sehr mächtig. Sie konnte die machtvolle Präsenz spüren.

Doch die Anwesenheit erschien ihr so vertraut. Sie war ihr bekannt. Nora wusste nicht woher, sie konnte auch nichts sehen, aber sie fühlte eine so starke Bindung zu diesem Wesen, das sich ihr näherte. Sie war überwältigt und musste weinen, denn diese schönen Gefühle waren so einzigartig für sie. Obwohl sie ihr so vertraut vorkamen. Sie hatte das einschneidende, mächtige Gefühl, nach Hause zu kommen.

Die Präsenz kam näher. Und auf einmal verstand Nora, was das Wesen, die Anwesenheit dieser enormen Gefühle, ihr mitteilte. Nora konnte nichts sehen, keine Gestalt oder Körper. Aber sie wusste, sie war nicht allein, und diese Gefühle waren ihr so bekannt. Das Wesen umhüllte Nora. Nora fühlte sich rundum geborgen. Nichts könnte ihr jetzt zustoßen, davon war sie überzeugt. Sie war außerhalb aller denkbaren Schwierigkeiten. Das Wesen gab Nora auf eine sehr sanfte Art zu verstehen, dass alles in Ordnung sei. Nora war so glücklich, es wurden keine Worte gesprochen, aber sie verstand alles.

Keine Angst, du bist in Sicherheit. Es wird dir nichts passieren. Ich bin sehr froh, dich zu sehen.

Nora erwiderte die Gefühlssprache: »Ich kenne dich! Ich habe dich zwar noch nicht gesehen, aber ich habe das starke Gefühl, dich zu kennen. Das ist stärker als alles, was ich bis jetzt erlebt habe. Ich habe das Gefühl, ich bin zu Hause. So starke Gefühle empfinde ich in mir ... es ist wunderschön.«

Ja, ich weiß. Aber deine Zeit ist noch nicht gekommen. Du musst wieder zurück. Es ist noch nicht so weit. Aber sei nicht traurig, wir werden uns wiedersehen … versprochen! Wenn die Zeit reif ist, wirst du zu mir kommen. Aber das wird nicht jetzt sein.

»Aber ich will nicht weg! Nein … lass mich bei dir sein! Ich will nicht! Schick mich nicht zurück! Bitte! Hier bei dir ist es so schön!«, flehte Nora.

Keine Angst, du musst zurück! Die Dinge nehmen ihren Lauf. Wir werden uns wiedersehen. Ich werde auf dich aufpassen. Deine Zeit wird kommen. Ich habe mich sehr gefreut, dich zu sehen, aber ich werde dich nun wieder zurückschicken. Und wenn du wieder im Wagen bist, vergiss nicht … dir wird heute nichts passieren. Du brauchst keine Angst zu haben.

Nach diesen Worten verspürte Nora eine so starke Selbstsicherheit, dass sie nicht die geringsten Zweifel hatte. Nichts war stärker als diese Sicherheit, die sie jetzt empfand. Sie wollte zwar nicht zurück, aber sie verstand es. Ihre Gefühle verstanden es. Im nächsten Augenblick fühlte Nora, wie sie sich vom Ort ihrer Glückseligkeit wieder entfernte. Sie wehrte sich nicht mehr dagegen, und ihr kam es so vor, als ob sie wie in Windeseile zur Erde raste. Die starke Gefühlsbindung riss allmählich ab, und Nora kam in eine kältere, gefühlsärmere Umgebung. Mit horrender Geschwindigkeit fiel Nora zu der Unfallstelle. Ihre weit aufgerissenen Augen konnten nur noch sehen, wie sie in das Auto gezogen wurde. Nora saß nun wieder festgegurtet auf ihrem Sitz. Sie war entrissen von dem ihr so vertrauten, alles überstrahlenden Wesen. Doch die Zeit schien noch stillzustehen. Es bewegte sich nichts, und es war vollkommen still. Im nächsten Augenblick spürte Nora, wie sich die so enorm starke Gefühlsbindung zu dem Wesen komplett löste. Eine gewisse Kälte empfand Nora dabei in sich. Die warmen, schönen Gefühle waren augenblicklich weg. Doch ihre Selbstsicherheit, dass ihr in diesem Wagen nichts passieren werde, blieb erhalten. Nora hatte deshalb auch keine Angst. In dem Moment fing für sie die Zeit wieder an zu existieren. Als würde ein Film nach Drücken der Pausetaste fortgesetzt. Nora spürte die ruckartigen Bewegungen des Wagens wieder. Es rumpelte und krachte, sie wurde kräftig durchgeschüttelt. Der Gurt hielt sie fest im Sitz. Nora hatte nun aber keine Angst mehr, denn sie wusste, es würde ihr nichts passieren. Schließlich wurde es still. Der Wagen bewegte sich nicht mehr. Alles war vollkommen ruhig. Aber nur für eine Sekunde. Denn nun hörte Nora ein Wasserrauschen. Gleich darauf wurden ihre Haare nass. Noras Gedanken drehten sich nun um das Verlassen des Wagens. Sie versuchte den Gurt zu lösen, aber es ging nicht. Dann stemmte sie sich mit den Beinen gegen den Boden. Sie drückte sich in den Sitz, so gut es ging. Denn sie bemerkte, wie gespannt der Gurt war. Durch das Stemmen bekam sie ein bisschen Spielraum. Der Gurt ließ sich nun öffnen. Nora war plötzlich auf allen vieren im Auto. Sie war an Händen und Füßen nass und wollte schleunigst aus dem Wagen klettern. Doch es war nicht viel Platz, und an ihrem Fenster sah sie einen Strauch und Pflastersteine des Bachbetts. Die Tür ließ sich nicht öffnen. Die Pflastersteine waren direkt vor ihr. Nora krabbelte zur anderen Tür und sie konnte sie tatsächlich einen Spalt öffnen. Dabei musste sie ihre ganze Kraft aufwenden, doch es gelang ihr. Sie hatte den Wagen verlassen und stand im Freien. Jetzt sah Nora erst, wo sie war. Sie stand im Bach, und der Wagen lag auf dem Dach. Er war furchtbar beschädigt worden, und es rauchte vom Motorraum empor. In dem Moment dachte Nora an Daniel. Er war noch im Wagen. Sie war besorgt, ob er verletzt war. Nora beugte sich nach unten und sah hinein. Sie sah, wie sich Daniel auf allen vieren, anscheinend verwirrt, im Wagen bewegte.

»Daniel ... komm heraus!«, forderte Nora ihn auf.

Doch Daniel reagierte nicht. Er war nicht ansprechbar. Er schien völlig orientierungslos.

»Daniel, komm doch! Hier geht es raus!«

Keine Reaktion.

Da nahm Nora ihn beim Arm. Sie packte ihn und hievte ihn aus dem Wagen. Als er schließlich aufrecht vor ihr stand, hielt Nora ihn an beiden Händen. Sie sprach ihn an, und plötzlich reagierte Daniel. Er schien wieder bei sich zu sein.

»Alles okay bei dir? Geht es dir gut?«, fragte Nora ihn.

»Ja ...«, kam es etwas zögerlich.

Da erblickte Nora eine blutende Wunde an seinem Oberarm. An seinem Kopf, direkt am seitlichen Haaransatz, blutete er auch ein wenig. Es sah aber nicht weiter schlimm aus.

Plötzlich riefen ein paar Leute vom Brückengeländer herunter: »Ist alles in Ordnung?« – »Ist jemand verletzt?« – »Wie viele waren im Wagen?« – »Die Polizei und Rettung sind verständigt!«

Nora blickte nach oben. Das Brückengeländer war direkt über ihr. Die nachkommenden Autofahrer waren stehen geblieben. Die, die Daniel noch überholt hatte. Auf der anderen Straßenseite waren zwei Anwesen. Die Bewohner hatten den Unfall beobachtet und die Einsatzkräfte alarmiert. Nora begutachtete alles genauer, als sie vom Bach wieder auf die Straße kam. Der Strommast hing nur noch an der Leitung über der Straße. Am Boden war er abgerissen worden. Die Schleuderspuren waren deutlich zu sehen. Auf der Straße, im Gras, am Gegenhang des Bachbetts und direkt im Bachbett. Der Bach verlief gut drei Meter unter der Straße. Die Böschung war sehr steil.

Nach den Spuren zu urteilen, sind wir diese steile Böschung mit mehrmaligen Überschlägen hinuntergepurzelt und im Bach auf dem Dach liegen geblieben. Wahnsinn ... und wie das Auto aussieht! Es ist komplett zerstört worden. Alles zerbeult oder eingedrückt. Das Dach ist sogar ziemlich niedergedrückt worden. Wir hatten riesiges Glück, dass uns nichts passiert ist. Daniel hat, wie es scheint, nur kleinere Verletzungen, und ich ... ich bin unverletzt. Ach ja, ich wusste ja, dass mir nichts passieren würde. Diese Gefühle ... diese so starken Gefühle in mir ... eigenartig ...

Es dauerte nicht lange, und mehrere Schaulustige versammelten sich an der Unfallstelle. Da hörte man auch schon das Folgetonhorn der Einsatzkräfte. Polizei und Rettung kamen fast gleichzeitig an. Die Polizei sicherte die Unfallstelle ab, und die Rettungskräfte versorgten Daniel. Nora wurde mehrmals gefragt, ob sie verletzt sei, was sie jedes Mal verneinte.

Wenig später kam auch noch ein Wagen des Stromanbieters. Die Männer mussten die Straße komplett sperren und den Mast neu errichten. Die Stromleitung war auch beschädigt worden. Das würde etwas länger dauern. Die Polizei hatte viele Fragen. Daniel wurde regelrecht von ihnen verhört. Nora gab ihre Aussage ab und wartete. Bald war eine Stunde um.

Als die Straße wieder frei war, kam zufällig eine Freundin von Nora vorbei. Sie war ganz erstaunt, Nora hier an der Unfallstelle zu sehen. Nach ein paar klärenden Worten beruhigte sie sich und nahm Nora in ihrem Wagen mit. Nora versicherte sich vorher noch, dass es Daniel gut ging, und verabschiedete sich von ihm. Denn es würde länger dauern, bis der Wagen von der Feuerwehr geborgen werden konnte. So ließ sich Nora von ihrer Freundin zu ihrem Auto an der Tankstelle bringen.

Bis dahin war es ihr gut gegangen, doch als sie mit ihrer Freundin auf Höhe des Passes mitfuhr, fing sie plötzlich zu zittern an. Nora hatte doch einen Schock erlitten, der nun nachließ. Ihre Freundin wollte sie daraufhin ins Krankenhaus bringen, doch Nora lehnte ab. Sie erinnerte sich an den Moment, in dem sie das tiefgreifende Gefühl hatte, ihr würde nichts passieren. Diese bedingungslose Sicherheit war in ihr so tief verankert. Nora beruhigte sich daraufhin wieder. An der Tankstelle angekommen, bedankte sie sich bei ihrer Freundin und fuhr mit ihrem eigenen Wagen das kurze Stück nach Hause.

Sie war zu dem Zeitpunkt allein zu Hause, und weil es schon Abend wurde, ging sie gleich zu Bett. Die Anstrengungen spürte sie nun doch. Ihre Gedanken kreisten noch einige Zeit um die letzten Geschehnisse, bevor sie schließlich einschlief.

10. Kapitel »Verwirrtheit«

Am nächsten Morgen spürte Nora nach dem Erwachen die Strapazen des Unfalls. Beim Versuch aufzustehen tat ihr der ganze Körper weh. Der Rücken war verspannt, und das rechte Knie pochte. Es hatte blaue Flecken. Beim Beugen fiel Nora auf, dass auch ihr Nacken verspannt war. Die Bewegungsfreiheit war eingeschränkt. Sie konnte nur geradeaus sehen, Drehbewegungen taten weh.

Nora bewegte sich langsam und machte sich einen geruhsamen Tag. Sie war an dem Wochenende allein, das war ihr sehr recht. So konnte sie sich ordentlich ausruhen und musste keine Fragen von ihren besorgten Eltern beantworten.

Bald schon bekam Nora einen Anruf von Sarah. Sie war sehr beunruhigt. Doch Nora gab ihr zu verstehen, dass sie sich keine Sorgen machen müsse, und erkundigte sich nach Daniel. Sarah berichtete, dass er keine schwerwiegenden Verletzungen hatte. Eine kleine Quetschwunde am Kopf und die Schnittverletzung an seinem Oberarm. Die Kopfverletzung stammte wohl vom Aufprall, als sie gegen den Strommast gekracht waren. Dabei musste er sich den Kopf an der Seitenscheibe angeschlagen haben. Die Schnittverletzung wurde wahrscheinlich durch ein Stück der kaputten Scheibe verursacht. Daniel hatte einen kleinen Splitter in der Wunde.

Nora verabschiedete sich am Telefon von Sarah. Sie war sehr müde und wollte ihre Ruhe haben.

Nora verschlief fast den ganzen Tag und verbrachte auch die restlichen Stunden wie in Trance. Darin hatte sie schon Übung. Bei all ihren Schmerzen, die sie im Laufe ihres Lebens hatte erleben müssen, hatte Nora für sich einen Weg gefunden, damit umzugehen: Sie versuchte in einen halbschläfrigen Dämmerzustand zu kommen. Dabei entspannte sich ihr Körper, so gut es ging, und sie empfand nur ein Minimum an Schmerzen. So versuchte sie es auch dieses Mal. Die geruhsame Einsamkeit half ihr dabei.

In der Nacht darauf war sie aber sehr unruhig. Ihr Körper war doch mehr gezeichnet, als ihr lieb war. Die Bewegungen im Bett, beim Umdrehen, waren anstrengend.

Nora wurde wach. Die ersten Sonnenstrahlen erhellten den Morgen. Sie spürte ihren Körper zwar sehr, aber sie fühlte sich besser. Es war fast wie Muskelkater. Nur ihr Nacken war noch etwas steif. Die seitlichen Kopfbewegungen musste Nora einschränken. Sie versorgte ihr Knie weiterhin mit einer speziellen Salbe, auch ihren Nacken rieb sie damit ein. Ein kühles und sofort danach ein wenig brennendes Gefühl hatte sie dabei auf der Haut. Nora kannte das gut, sie hatte die Salbe schon oft verwendet. Wieder ließ Nora diesen Tag stressfrei an sich vorüberziehen. Was ihr in ihren Krankheitsphasen am meisten geholfen hatte, war, neben Medizin, absolute Ruhe. Nora verschlief somit fast das ganze Wochenende.

Als ihre Eltern wieder zu Hause waren, erzählte Nora von dem Unfall. Ihre Eltern waren zuerst schockiert, aber weil Nora ihnen versicherte, dass nichts Schlimmes passiert sei, beruhigten sie sich allmählich. Von ihren Schmerzen erzählte sie nicht alles, denn ihre Eltern mussten ohnehin so viel mit ihr durchmachen. Nora konnte mit ihren Schmerzen besser umgehen als ihre Eltern, deshalb beließ sie es bei der Kurzfassung der Geschichte. Den Hauptteil würden sie wahrscheinlich sowieso nicht verstehen. Für Nora selbst war es in der Erinnerung sehr seltsam.

Ich bin etwas verwirrt. Ich konnte die große Panik spüren, als das Auto ausbrach. Die Schläge und die Rempelei waren heftig. Ich hatte große Angst. Als sich das Auto mehrmals überschlug, konnte ich nichts mehr erkennen. Die Scheibe war voller Dreck, und Wasser spritzte hoch. Wo wir uns mit dem Auto befanden, war für mich nicht nachvollziehbar. Erst als ich aus dem Wagen gekrochen bin, konnte ich erkennen, was für ein schrecklicher Unfall das gewesen war. Die Spuren waren deutlich zu sehen gewesen. Auch das Auto war ziemlich hinüber. Die Einsatzkräfte sprachen von einem Wunder, dass hier noch jemand lebend herausgekommen war. Und wir waren nahezu unverletzt. Ich muss ständig an die Augenblicke denken, als ich bemerkte, mein Herz hört auf zu schlagen. Dieser Moment, als ich mich selbst von außen gesehen habe. Es war so befremdlich. Ich wurde plötzlich nach oben gezogen ... und es war **so** *stark. Nichts konnte gegen diese Anziehungskraft ankommen. Als ich dahinschwebte, bemerkte ich, wie ich diese Welt verlassen habe. Ich trennte mich von all den Beziehungen, die ich an diese Welt habe. Alles war so unwichtig in diesem Augenblick geworden.*

Arbeit, Ausbildung oder Geld und Macht oder welche Mode gerade in ist ... das war alles vollkommen unwichtig für mich. Einzig die Bindung zu meinen Eltern war wichtig und sehr stark gewesen. Bis zu dem Augenblick, an dem ich diese Gefühle bekam. Sie waren so viel stärker als alles, was ich vorher kannte. Ich wollte unbedingt dorthin, wo mich diese große Anziehungskraft dahinschweben ließ. Ich konnte und wollte mich auch nicht dagegen wehren. Ich musste dorthin. Deshalb war es für mich in Ordnung, dass ich mich von meinen Eltern und Freunden und der bisherigen Welt verabschiedete. Ich wollte nur noch an diesen einen Ort, der mich erwartete. Dann kam dieses Wesen auf mich zu. Es war so wunderbar. Ich konnte zwar nichts sehen, aber ich fühlte es. Es war überall, und ich empfand nur vollkommenes Glück dabei. Ich war außerhalb meines Körpers, schwer zu beschreiben, aber wunderschön. Ich verstand das Wesen, und es gab keine Grenzen für mich. Ich fühlte mich wirklich zu Hause angekommen. Ganz daheim ... von wo ich gekommen bin. So eigenartig das auch klingen mag. Dieses Gefühl war so stark in mir. Ich wollte nicht wieder weg. Doch das Wesen, das mir übrigens so vertraut vorkam, woher auch immer, gab mir zu verstehen, dass ich wieder zurückmüsse. Ich wollte aber nicht, wie ein kleines Kind flehte ich darum, bleiben zu dürfen. Aber es half nichts, das Wesen schickte mich wieder zurück. Und ich verstand plötzlich, warum ich zurückmusste. Es war einfach in mir drinnen. Diese Gefühlssprache, wie ich sie nenne, war sehr sonderbar ... aber so einzigartig. Ich hatte so eine Selbstsicherheit von dem Wesen bekommen, dass ich wusste, mir passiert bei dem Autounfall nichts. Es war fast so, als ob ich für ein paar Minuten in die Zukunft sehen könnte. Als ob ich den Ausgang des Unfalls schon *kannte. Bevor er zu Ende ging. Die weltlichen Grenzen hatten für mich aufgehört zu existieren. Und schließlich kam es auch so. Ich hatte den Unfall unbeschadet überstanden. Nur ein paar kleinere Blessuren hatte ich davongetragen. Wenn man das Auto sieht, grenzt es an ein Wunder, dass niemand darin umgekommen ist, so die Meinung von allen, die den Wagen gesehen hatten.*

Ein seltsames Gefühl von Kälte und Einsamkeit überkam mich aber, als ich wieder in meiner Welt war. Ich fühlte mich einer viel schöneren, wärmeren Welt entrissen. Als ob ein Stück von meinem Herzen herausgerissen wurde. Eigenartig.

11. Kapitel »Nachdenkphase«

Nora ging es mittlerweile wieder sehr gut. Die Tage zogen ins Land. Sie hatte den Unfall fast verdrängt. Nur die sehr speziellen Momente daran vergaß sie nicht. Diese Momente und ihre ausdrücklichen Gefühle dabei würde sie niemals vergessen, dessen war sie sich sicher. Sie hatten sich so tief in ihr festgesetzt. Nora dachte fast jeden Tag daran. Sie konnte nicht anders. Ihr Leben ging zwar wie gewohnt weiter, aber ihre Gedanken kreisten sehr oft um dieses Wesen und ihre Empfindungen dabei. Wie schön es doch dort war. Dagegen hatte diese Welt, auch wenn Nora sich bei ihren Eltern geborgen und umsorgt fühlte, einfach nicht so viel Tiefe. Sie fühlte sich eigenartig. Als ob sie zwischen zwei Welten hin- und hergerissen wäre.

Bin ich nun schon fast zweimal auf dem Weg gewesen? In eine andere Welt? Gibt es denn eine andere Welt? Jeder fragt sich wohl, was nach dem Tod kommt. Bin ich schon so weit gewesen? War es für mich so knapp geworden? Schwer zu sagen, denn kein Arzt war in diesen Augenblicken in der Nähe. Eine offizielle Antwort von der Wissenschaft gab es für mich nicht. Doch ich bin so davon überzeugt. Meine Gefühle, all meine Empfindungen waren so real. So echt ... so unvergesslich für mich. Das kann doch nicht nur an chemischen Vorgängen im Gehirn liegen ... oder an der großen

Angst. Viele Menschen berichteten, wenn sie große Panik erfahren hatten, dass sie sich an gewisse Dinge nicht mehr erinnern konnten. Ich weiß jedes Detail! Alles, was ich empfunden und gefühlt habe ... ich weiß alles davon! Ich werde es auch nie mehr vergessen, das weiß ich. Es macht nun einen Teil von mir aus. Es ist seltsam. Zuerst sind die Menschen neugierig, und wenn sie sich mit einem Thema auseinandersetzen, können sie nicht genug davon bekommen. Genauso ist es bei mir. Ich möchte wieder an diesen Ort ... an diesen wundervollen Ort. Ich habe diese Wärme, diese vollkommene Geborgenheit gespürt. Es war einfach nur wunderschön. Diese Grenzenlosigkeit zu erleben war für mich sehr besonders. Ich war völlig frei. Doch hier in meinem Leben, in meinem Körper, bin ich etlichen Grenzen unterworfen. Das ist für mich jetzt, nach diesen Erfahrungen, seltsam. Ich möchte nicht undankbar wirken, denn ich hatte immer ein geborgenes und, abgesehen von meinen Krankheiten und den damit verbundenen Schmerzen, ein schönes Leben. Aber diese einzigartige Erfahrung war für mich so horizonterweiternd! Ich merke, wie ich wieder ins Schwärmen komme. Wie soll ich mich wieder hier zurechtfinden? Ich muss mir die schönen Dinge **dieses** *Lebens vor Augen halten. Dann wird es schon wieder werden. Aber meine Gefühle und diese sehr speziellen Momente kann mir niemand mehr nehmen. Was auch noch passieren wird, diese Empfindungen gehören mir. Es ist eigenartig ... alle Menschen, die ich kenne, fürchten sich vor dem Tod. Sie wollen sich mit diesem Thema nicht wirklich auseinandersetzen. Doch bei mir ist es jetzt anders. Seit den zwei Vorfällen denke ich fast ständig daran. Seltsam, das Ganze ... ich könnte mich sehr lange damit beschäftigen. Aber wer könnte mir Antworten geben? Experten? Wissen-*

schaftler? Die Kirche? Ich weiß nicht ... seit meinen Erfahrungen sehe ich die Dinge anders. Ich nehme vieles anders wahr als meine Mitmenschen. Ich hatte nie das Gefühl, dass sogenannte Experten mir weiterhelfen konnten. Meine Fragen befriedigend beantworten konnten. Dabei habe ich mich genau informiert, hauptsächlich über das Internet und Bücher oder Fachzeitschriften. Und mir sind Artikel aufgefallen, die von normalen Menschen stammen, die so etwas Ähnliches wie ich durchlebten. Sie haben teilweise mit Journalisten gesprochen und Interviews gegeben. Einige davon waren mir negativ aufgefallen; ich glaube, die wollten nur die Sensationsgier des Publikums befriedigen und damit Geld verdienen. Doch einzelne Artikel besaßen für mich einen Wahrheitsgehalt. Sie beschrieben das Geschehene so ähnlich, wie ich es erlebt hatte. Ich fand es sehr interessant, diese Artikel zu lesen, aber mir fehlte auch immer etwas dabei. Sind meine Erlebnisse tiefer verwurzelt? War ich viel näher am Übergang in ein anderes Leben? War ich ganz nah an der Grenze? Oder war ich etwa schon tot? Ich weiß nur eines, ich kann dieses befreiende Gefühl nicht mehr vergessen. Es gibt mir Halt in meinem, diesem Leben. Ich weiß, es klingt irgendwie verrückt, aber so empfinde ich es. Wenn mir hier etwas Schwierigkeiten bereitet, gehe ich jetzt ganz anders damit um. Weil ich weiß, dass es nicht so wichtig ist. Bei dem Unfall habe ich die grenzwertigste Erfahrung meines Lebens gemacht. Angst und Panik waren übergegangen in einen völlig fantastischen Zustand. Auch wenn ich noch immer nicht alles verstehen kann, was damals mit mir passiert ist. Aber es war einfach nur wunderschön. Und schon wieder bin ich hin- und hergerissen ... von meinen eigenen Gedanken außer Gefecht gesetzt. So kommt es mir jedenfalls vor.

Nun saß Nora auf der Bank im Wald, ließ sich die Sonne ins Gesicht scheinen und philosophierte vor sich hin. Wissend, dass ihre Fragen nicht beantwortet würden. Dabei dachte sie wieder an die sogenannten Experten. Sie konnte gar nicht beschreiben, welche Gefühle sie hatte, wenn sie an diese Leute dachte. Die Experten traten immer so selbstherrlich auf, und sie vermittelten den Eindruck, dass sie alles wüssten. Doch Nora war da anderer Meinung. Wenn sie die Erfahrungen gemacht hätten, die Nora gemacht hatte, würden sie ganz anders auftreten. Sich anders verhalten. Nora dachte oft daran, wie sich die Menschen an ihr Erlerntes klammerten und dabei glaubten, das sei der Weisheit Schluss. Dann ertappte sie sich wieder dabei, wie sich in ihr eine gewisse Gleichgültigkeit gegenüber diesen Leuten ausbreitete. Daraufhin sah sie sich solche Artikel nicht mehr an, zumindest für eine Weile. *Denn irgendwann werde ich wieder neugierig auf meine eigenen Fragen. Wenn das der Fall ist, dann sehe ich mir Artikel im Internet von normalen Menschen an, die einfach berichten, was ihnen widerfahren ist. Manchmal stoße ich dabei auf sehr interessante Zeilen. Doch an meine eigenen Erfahrungen kommen auch diese Artikel nicht heran. Ach, dieses Thema beschäftigt mich wirklich sehr! Es übt eine Faszination auf mich aus, dagegen kann ich mich nicht wehren.*

Mit diesen Gedanken erhob sich Nora von der Bank am Waldrand und ging wieder langsamen Schrittes nach Hause. Dabei schien die Sonne durch die Äste, und manchmal bot sich ihr ein Schauspiel, das Nora sofort an Engelserscheinungen erinnerte. Die Lichtstrahlen, die durch die Äste gebrochen wurden, erhellten in einem Schimmer den Wald, der entfernt an große Flügel erinnerte … mit Fantasie natürlich. Nora musste schmunzeln bei ihren Gedanken, denn sie dachte schon wieder nur an das eine Thema, das sie nun so sehr beschäftigte.

12. Kapitel »Erweiterter Horizont«

Einige Zeit verging, und Nora hatte wieder etwas Abstand zu ihren Erlebnissen gewonnen. Die Gedanken daran waren zwar nun Bestandteil ihres Lebens geworden, aber sie konnte sie gut in ihren Alltag integrieren. Sie ließ ihre Umwelt nichts anmerken. Ihre Familie und ihre Freunde waren froh, dass es ihr wieder so gut ging. Sie dachten, die schwere Zeit sei nun vorbei und sie könne ihr Leben wieder genießen. Nora tat dies auch. Sie meisterte ihren Alltag mit Bravour, und dabei vergaß sie auch die Freuden dieses Lebens nicht. Sie verbrachte viel Zeit mit ihren Freunden und natürlich auch mit ihrer Familie. Die grenzwertigen Erfahrungen hatten sie anscheinend, so seltsam es klang, gefestigt. So schlimm sie gewesen waren, so sehr hatten sie auch ihren Horizont erweitert. Viele Situationen in ihrem Leben betrachtete sie nun anders. Für vermeintlich einfache Dinge nahm sie sich viel mehr Zeit und sie hatte viel Freude daran. Ihren Terminkalender packte sie nicht mehr so voll, und sie nutzte die Zeit, mit ihren Freunden viele schöne Augenblicke zu verbringen. Nora beteiligte sich auch nicht mehr an jeder Diskussion, bei der sie zufällig dazustieß. Früher hatte sie ihre Meinung lautstark gegenüber anderen Menschen vertreten, aber jetzt hatte sie das Gefühl, irgendwie darüberzustehen, ohne dabei überheblich zu sein. Noras Standpunkte, ihre Schwerpunkte hatten sich geändert. Darüber war sie sehr froh, denn nun hatte sie mehr Zeit für sich und die Dinge im Leben, die ihr wirklich etwas bedeuteten. Sie wunderte sich nun selbst oft, wie sie ihr Leben früher verbracht hatte. Die Zeit, die ihr jetzt für ihre Interessen blieb, fand sie sehr schön. Nora war ruhiger geworden, in jeder Hinsicht. Sie nahm viele Geschehnisse gelassener. Die Angst vor gewissen Situationen war nicht mehr vorhanden oder auf ein erträgliches Maß reduziert. Noras bisheriger Lebensverlauf hatte sie reifen lassen. Sie interessierte sich jetzt auch mehr für Filme, die von fantastischen Erlebnissen handelten, wie sie sie erlebt hatte. Vorher waren solche Filme nicht unbedingt auf ihrer Liste gewesen. Doch nun begeisterte sie sich sogar dafür. Dabei musste sie beim Anschauen oft schmunzeln. Oft dachte Nora daran, wie nah diese Filme an ihre Erlebnisse heranreichten – oder aber, ganz im Gegenteil, offenbar nur auf hohe Einspielergebnisse ausgelegt waren, aber nicht das Geringste mit ihren Erlebnissen zu tun hatten.

Nora hatte aufgrund ihrer Lebensgeschichte ein besonderes Gespür für ihren Körper entwickelt. Die Grenzerfahrungen hatten ihr zur einer gewissen Sensibilität für sich selbst verholfen. Das konnte auch anstrengend sein, und sie wollte nicht bei jeder kleinen Ungereimtheit, die sie an sich entdeckte, gleich zum Arzt laufen. Aber mit der Zeit konnte sie gut abschätzen, ob es etwas vergleichsweise Harmloses war oder doch ernst sein könnte. Über dieses Vermögen war Nora froh. Früher war sie oft sehr betrübt bei Krankheiten und ihrem

Verlauf. Doch nun wusste sie relativ rasch, wie ernst es war und wie viele Tage sie im Bett würde verbringen müssen, bis es wieder bergauf ging. Das freute Nora, und sie war bei Weitem nicht mehr so betrübt, wenn sie wieder einmal krank wurde.

13. Kapitel »Schwere Krankheit«

Die Tage, Wochen und Monate vergingen, die Jahreszeiten wechselten einander ab. Nora mochte jede einzelne Jahreszeit sehr. Für sie hatte jede ihren speziellen Reiz. Sie hatte ihr Leben wieder fest im Griff. Ihr ging es gut, und sie hatte auch Spaß an ihrem Leben. Die Geschehnisse in ihrer Vergangenheit vergaß sie zwar nie mehr, dafür hatten sie sich zu tief in ihr festgesetzt. Aber sie musste nicht mehr ständig daran denken. Nora hatte eine gesunde Balance im Umgang damit gefunden. Sie akzeptierte, was ihr widerfahren war, hielt es aber doch etwas in Distanz von sich.

Eines Tages bemerkte sie, wie sie sich, vielleicht bei ihren Waldspaziergängen, anscheinend eine Erkältung eingefangen hatte. Die herbstlichen Temperaturen konnten schon frisch werden. Es waren noch warme, sonnendurchflutete Tage dabei, aber die Temperaturen fielen von Tag zu Tag. Nora liebte diese Waldspaziergänge. Sie nutzte die Gelegenheit, sooft sie nur konnte.

Mitten in der Nacht wachte Nora auf. Sie musste kräftig husten. Als sich der Hustenreiz wieder gelegt hatte, schlief sie weiter. Am Morgen musste Nora abermals kräftig husten.

»Na, jetzt reicht es aber! Wie das kratzt im Hals! Es beruhigt sich gar nicht mehr«, sagte sie sich selbst im Bett.

Nora stand auf und nahm sogleich ein Medikament gegen Husten und Erkältungskrankheiten. Da es Wochenende war, konnte sie ordentlich ausspannen und sich erholen, bevor es womöglich noch schlimmer werden würde. So verbrachte Nora tatsächlich fast das ganze Wochenende im Bett. Sie hatte das Haus für sich allein, so war die Ruhe sehr angenehm für sie. Die Medikamente trugen zur raschen Genesung bei. Nora dachte, dass sie die Erkältung noch abgefangen hätte, da sie sich wieder besser fühlte. Der Hals kratzte zwar noch, aber es war nicht mehr so schlimm. Nora hatte sich am Montag freigenommen, da es ein Fenstertag war. Dienstag gab es einen Feiertag. So hatte sie zwei weitere Tage, um sich zu erholen, und sie musste nicht gleich wieder zum Arzt laufen. Darüber war sie sehr froh, denn sie war ja schon so oft bei Ärzten gewesen. Sie ging nur noch zum Arzt, wenn es sich gar nicht mehr vermeiden ließ. Sie schlief sich das ganze verlängerte Wochenende richtig aus und las ein spannendes Buch im Bett.

Bei der vielen Bettruhe bemerkte Nora, wie ihr Körper sich zeitweise sehr verspannt anfühlte. Sie versuchte sich durch Lagenwechsel zu entspannen. Sie stand auch wieder öfter auf und verbrachte Zeit außerhalb des Bettes. Die Verspannungen lösten sich allmählich. Doch einige blieben, und das nervte Nora. Sie versuchte sie mit speziellen Übungen loszuwerden. Es gelang ihr tatsächlich. Nora massierte sich, um ihre Muskulatur wieder in Schwung zu bringen. Bis auf die Stellen, wo sie nicht hinkam, funktionierte es gut.

Doch plötzlich war es mit der Ruhe von Nora vorbei. Durch ihre eigenen Berührungen konnte sie an sich selbst eine harte Stelle ertasten. Sie erkundete sie mit ihren Fingern genauer. Nora stellte einen Knoten an sich fest. Sie bekam ein beklemmendes Gefühl, denn sie wusste sofort ... das war nicht gut. Das konnte nicht gut sein. Nora versuchte den Knoten zu bewegen, doch es ging nicht. Sie hatte schon einmal einen Knoten unter der Haut gehabt, und der Arzt, der ihn damals entfernt hatte, hatte zu ihr gesagt, wenn sich der Knoten leicht mit der Haut ein klein wenig verschieben lasse, dann sei es mit sehr großer Wahrscheinlichkeit ein Lipom, eine gutartige Fettgeschwulst, ein Tumor der Fettgewebszellen, also im Grunde eine Fettansammlung in der Haut. Diese war in der Regel ungefährlich, es sah nur nicht schön aus, und deshalb war diese Fettansammlung bei Nora seinerzeit entfernt worden. Doch der Knoten, den Nora nun bei sich ertasten konnte, fühlte sich anders an. Er war hart und ließ sich nicht bewegen, auch nicht ein kleines Stück. Nora wurde es angst und bange. Sie erkannte die Situation sofort. Ihr Gespür für ihren Körper war ausgezeichnet. Sie wusste, das würde eine schwere Zeit für sie werden, und zögerte nicht. Beim nächsten Dienst ihres Arztes war sie in der Praxis. Er untersuchte sie und meinte zunächst, es könne viele Ursachen haben. Aber zur genauen Abklärung überwies er Nora an einen Facharzt.

Dort befand sie sich nun im Warteraum. Alle hier Versammelten wirkten nervös. Die Menschen waren es nicht mehr gewohnt zu warten, sie waren alle in Eile. Nora war aber erstaunlich ruhig, sie wollte nicht wahrhaben, dass sie womöglich eine schlimme Krankheit hatte. Sie redete sich selbst ein, dass es was anderes, etwas Harmloses sei. Doch ihr Gefühl sagte ihr etwas anderes. Und sie wusste, dass sie sich auf ihr Gefühl verlassen konnte. Auch wenn sie es in bestimmten Situationen nicht wahrhaben wollte.

Die Zeit verging, und Nora kam schließlich zur Untersuchung. Der Arzt informierte sich genau über ihr Anliegen, bevor er sie eingehend untersuchte. Schließlich nahm er zur Sicherheit den Ultraschallapparat zur Hand. Er untersuchte die besagte Stelle mehrmals genau, jedenfalls kam es Nora so vor. Nach der Untersuchung blieb der Arzt zunächst stumm. Am Gesichtsausdruck erkannte Nora, dass etwas nicht stimmte. Und so war es auch. Sie musste sofort ins Krankenhaus. Sie hatte einen Tumor.

Der Arzt sagte zwar noch, es sei zu früh, um genaue Angaben machen zu können. Aber sie müsse sich schleunigst behandeln lassen. Jeder Tag zähle, gab der Arzt Nora zu verstehen. Sie war zwar schockiert, aber dennoch hatte sie sich darauf schon eingestellt. Es war genauso eingetroffen, wie sie befürchtet hatte.

Nora schlenderte im Wald umher. Dann ging sie langsam wieder nach Hause. Der Tag war gekommen, an dem sie ins Krankenhaus musste. Seit ihrem Besuch beim Facharzt war alles sehr schnell gegangen. Innerhalb von zwei Tagen hatte sie ein Zimmer im Krankenhaus erhalten. Alles wurde in die Wege geleitet. Die Ärzte koordinierten die Abläufe sehr gut.

Nora kam mit dem Denken kaum hinterher, so schnell ging das alles. Einzig als sie ihre Eltern und ihre Freunde über ihren Gesundheitszustand informierte, musste sie weinen. Sonst hatte sie sich gut im Griff.

Nora sah nun, als sie aus dem Wald heraustrat, ihre Eltern schon bereitstehen, die sie ins Krankenhaus bringen wollten. Der Weg fühlte sich für Nora diesmal sehr kurz an, die Zeit verging diesmal anders für sie. Sie betrachtete schweigsam die vorbeiziehende Umgebung aus dem Auto. Es herrschte eine beklemmende Stimmung im Wagen. Im Krankenhaus angekommen, bezog Nora ihr Zimmer. *Wieder einmal!*, dachte sie sich, während sie sich ins Bett legte. Ihre Eltern blieben noch eine ganze Weile, und auch ihre beste Freundin, die zu ihr ins Krankenhaus kam, versuchte ihr Trost zu spenden.

Als allmählich die Nacht hereinbrach, verließen sie Nora. Nora konnte fast nicht schlafen, zu aufgeregt war sie.

Am nächsten Tag wurden verschiedene Untersuchungen an ihr durchgeführt. Die Operation fand am zweiten Tag statt. Nora überstand sie gut. Doch nun begann das große Warten für sie. Es bestand noch Unsicherheit, um was für eine Art Tumor es sich handelte.

Die Tage vergingen, und Nora erholte sich im Krankenhaus sehr gut von der Operation. Dann war es endlich so weit. Nora bekam bei der Visite das Ergebnis. Sie erstarrte.

Es war ein bösartiger Tumor.

Ihr wurde berichtet, wie es nun weiterging, einige Punkte wurden erklärt, und auch der Fahrplan für die Therapie wurde festgesetzt. Auf Nora kam eine Bestrahlungs- und Chemotherapie zu.

Nora fragte nach der Ursache dieser schweren Krankheit, doch die Ärzte meinten, man könne nicht genau sagen, warum sie bei manchen Menschen auftritt. Es war zwar schon einiges über die Krankheit bekannt, aber restlos wisse man es nicht. Die Ärzte versicherten Nora, dass alles für sie getan werde, was möglich sei. Vor ein paar Jahren sei die Medizin noch nicht so weit gewesen, doch sie entwickle sich ständig weiter, und damit stiegen auch die Erfolgschancen auf Heilung. Da bei Nora die Krankheit relativ früh erkannt worden sei, bestehe eine sehr gute Heilungschance, versicherten ihr die Ärzte. Nora müsse nur durchhalten, egal was komme, meinten die Ärzte. Sie müsse stark sein.

14. Kapitel »Der schwarze Engel«

»Warum immer ich? Habe ich nicht schon genug leiden müssen? Ich will nicht schon wieder so viel Leid erfahren ... nicht schon wieder Schmerzen erleben! Ich kann es nicht glauben ... Ach, es ist zum Verzweifeln!«, sagte Nora vor sich hin. Sie lag im Krankenbett und starrte an die Decke.

Die Ärzte und das Pflegepersonal waren sehr nett zu Nora. Die ganze Krankenstation hatte eine andere Atmosphäre als die Stationen, die Nora bisher kennengelernt hatte.

Wenn man eine todbringende Krankheit hat, begegnen einem die Menschen hier mit einem großen Mitgefühl und Respekt, dachte sie sich.

Es war zwar ein Trost für sie, aber eben nur ein kleiner. Sie wollte am liebsten nicht hier sein.

Eine Pflegerin brachte Nora die Tablettenschachtel für die ganze Woche.

Sie lächelte sie an und meinte: »Hier sind Ihre Tabletten. Es ist jeweils eine am Morgen und eine am Abend zu nehmen.«

»Ist gut«, sagte Nora.

Als die Pflegerin das Zimmer verließ, sah Nora, welche Tabletten sie nehmen musste. Es lag, für jeden Wochentag, eine kleine runde weiße Tablette für den Morgen und eine ovale, etwas bläuliche Tablette für den Abend in der Tablettenschachtel.

Wenn es nur die zwei pro Tag sind, dann kann ich damit leben, dachte sich Nora.

Am Anfang informierte sich Nora noch, welche Wirkung die einzelnen Tabletten hatten, aber mit der Zeit wurden es immer mehr Tabletten, und Nora fragte nicht mehr nach. Eine gewisse Gleichgültigkeit machte sich in ihr breit. Die Bestrahlungstherapie wurde täglich immer zu einem bestimmten Zeitpunkt durchgeführt. Drei Wochen lang wurde Nora bestrahlt. Die Nebenwirkungen wurden für Nora bemerkbar. Da bei ihr ein beträchtlicher Teil des Oberkörpers bestrahlt wurde, rebellierte ihr Magen jedes Mal genau nach einer Stunde der Therapie. Nora bekam zwar Medikamente dagegen, aber sie litt dennoch unter der Übelkeit. Nora war sehr froh, als die drei Wochen endlich vorbei waren. *Ein weiteres Ziel geschafft!*, waren ihre Gedanken dabei. Sie war von der Bestrahlungstherapie gezeichnet. Sie hatte etwas abgenommen, weil sie manchmal einfach nichts essen konnte.

Nach einer kurzen Erholungsphase daheim musste Nora abermals ins Krankenhaus. Sie war gerade wieder etwas zu Kräften gekommen. Die neuerliche Aufnahme nahm sie mit Argwohn zur Kenntnis.

Die Bestrahlung ist zwar vorbei, aber die nächste Therapie kommt jetzt. Die Chemotherapie! Ich habe schon einige Menschen dabei gesehen ... sie waren oft bleich und abgemagert. Ob es mir ebenso ergehen wird? Und die Übelkeit, die man von Filmen kennt ... wie schlimm wird das werden für mich?

Die Ärzte waren sehr nett zu Nora und informierten sie regelmäßig über ihren Zustand. Sie versicherten ihr, dass sie sehr gute Chancen habe, wieder gesund zu werden. Der Tumor sei eindeutig identifiziert worden, und es gebe eine gezielte Therapie dafür. Sie müsse es *nur* durchstehen, sagten sie immer wieder. Das sei leichter gesagt als getan, gab Nora meist zur Antwort. Alles, was die Medizin parat habe, bekomme sie im Bedarfsfall, versicherten ihr die Ärzte. Fast täglich wurde sie nach ihrem Befinden gefragt. Am Anfang bemerkte Nora nicht viel von der Chemotherapie. Doch die Nebenwirkungen wurden mit Fortdauer mehr und mehr spürbar. Sie musste immer in Zyklen ins Krankenhaus. Ein Zyklus für sie war eine Woche stationär und jeweils zwei Wochen ambulant. Nora zählte die Tage, denn vier Zyklen musste sie aushalten laut den Ärzten. Bei den Infusionen hatte sie immer ein Kältegefühl. Beim stationären Aufenthalt bekam sie täglich drei Infusionen mit Zytostatika. Eine große, eine mittlere und eine kleinere. Die größeren waren in einem Sack verpackt. Zusätzlich wurden ihr noch mehrere Infusionen verabreicht, es waren welche für Flüssigkeitszufuhr, gegen die Schmerzen und auch gegen die Übelkeit dabei. Nora war sehr froh, wenn die stationäre Woche vorbei war. Ein paar Tage zu Hause zu verbringen war sehr schön für sie. Die jeweils ambulante Infusion war von relativ kurzer Dauer. Sie musste nur in der Ambulanz warten, weil ihr Blut abgenommen und sofort untersucht wurde. Es dauerte immer etwas, aber damit wurde festgestellt, ob Nora genug Widerstandskräfte für die Infusion hatte. Nicht immer war das der Fall, deshalb musste

Nora sich zusätzlich selbst eine Spritze verabreichen, bevor sie zur Ambulanz kam. Dadurch wurden ihre weißen Blutkörperchen vermehrt. Nach der ambulanten Infusion sackte ihre Zahl wieder in den Keller. Dieses Wechselspiel verursachte kräfteraubende Nebenwirkungen. Fast immer zur gleichen Zeit, wenn sie zu Hause im Bett lag, bekam sie Schüttelfrost. Er dauerte meist bis Mitternacht, und danach hatte Nora Fieber. So war es nach jeder ambulanten Infusion.

Endlich hatte Nora einen Zyklus geschafft. Sie war nun schon gezeichnet. Hatte wieder etwas abgenommen, weil sie nicht mehr so hungrig war und weil die Übelkeit stetig stieg. Trotz immer mehr Medikamenten gegen die Nebenwirkungen schaukelte es sich nach Noras Empfinden im Laufe der Therapie immer mehr auf: mehr Nebenwirkungen, mehr Medikamente. Noras Körper hatte daran schwer zu arbeiten. Sie wurde immer schwächer. Langsam bekam sie auch Schwierigkeiten mit ihrem Kreislauf, ihr war öfter schwindlig. Am Beginn des zweiten Zyklus verlor Nora ihre Haare. Ihr Kopfkissen war plötzlich eines Morgens voll damit. Da sie sehr viele lose Haare im Gesicht hatte, entschied sie sich, ihre verbliebene Haarpracht abzurasieren. Ihre Familie half ihr dabei. Ein unschönes Gefühl empfand Nora dabei. Sie war immer sehr stolz auf ihre Haarpracht gewesen. Doch sie klammerte sich an die Aussagen der Ärzte, die ihr versicherten, dass die Haare wieder nachwachsen würden. Einzig eine Bemerkung des Oberarztes gab ihr zu denken. Da die Therapie eine so massive Auswirkung auf die Haarwurzel habe, könnten sich die Haare, meinte er, unter Umständen verändern: die Farbe, die Feinheit, die Struktur. Der Oberarzt nannte ihr ein Beispiel. Ein Patient habe vor der Therapie blonde glatte Haare gehabt, und danach seien seine Haare braun und gewellt gewesen. Nora staunte bei diesen Worten, denn sie hatte lange braune Haare mit Naturwellen, und sie wollte keine anderen haben. Doch in ihrem Stadium war das noch ihre geringste Sorge. Sie wollte das alles nur überstehen und wieder gesund werden. Die Tage zu Hause zwischen stationären und ambulanten Aufenthalten gaben ihr Kraft. Doch Nora wurde mit der Zeit immer schwächer. Die Therapie zerrte an ihr. Mittlerweile stand sie kurz vor Ende des zweiten Zyklus. Die einzige positive Nachricht war: Die Therapie zeigte eine positive Wirkung. Der Tumor wurde erfolgreich bekämpft. Nora konnte spüren, wie der harte Knoten weicher wurde. Er wuchs auch nicht mehr weiter. Die Zwischenuntersuchungen bestätigten dies. Ein Strohhalm, an den sich Nora klammerte. Sie gab sich selbst die Durchhalteparole aus … *Ich muss es nur überstehen … diese anstrengende Therapie … um diesen vermaledeiten Tumor wieder loszuwerden!*

Mittlerweile waren seit Beginn der Therapie fast drei Monate vergangen. Nora musste nun den dritten Zyklus über sich ergehen lassen. Doch bevor der beginnen konnte, wurde sie in ein Isolierzimmer gebracht. Sie durfte es nicht verlassen und auch kein Fenster öffnen. Ärzte, Pflegepersonal und eventuelle Besucher mussten Schutzmaßnahmen wie sterile Handschuhe, Mundschutz und Mantel anziehen. Es diente zu ihrem eigenen Schutz, denn sie hatte praktisch kein Immunsystem mehr. Das sei ein sehr gefährlicher Zustand, sagten die Ärzte. Man müsse unbedingt darauf achten, dass sich keine Infektion in Noras Körper ausbreite. Deshalb wurde sie isoliert und die Chemotherapie zunächst ausgesetzt. Nora verbrachte eine ganze Woche auf dem Isolierzimmer. Die Besuche wurden beschränkt, und auch das Krankenhauspersonal kam nur, wenn es unbedingt notwendig war. Nora lag die meiste Zeit im Bett und dachte über ihr Leben nach. Die Zeit verging für sie recht langsam. Meist versuchte sie zu schlafen, da sie sehr schwach war. Die einzigen Abwechslungen waren die drei Mahlzeiten, die durch eine Schleuse gereicht wurden, und die täglichen Visiten des Pflegepersonals und der Ärzte. Besuch kam vereinzelt und nur kurz, da er für Nora sehr anstrengend war.

Die Ärzte taten alles, um Nora wieder zu stabilisieren. Sie bekam spezielle Medikamente und Infusionen. Allmählich verbesserte sich ihr Zustand. Ihr Immunsystem wurde wieder verhältnismäßig besser, und sie hatte keine Infektion bekommen. Als ihr mitgeteilt wurde, dass sie das Isolierzimmer verlassen könne, war sie sehr froh. Doch sie musste im Krankenhaus bleiben, da die Chemotherapie sofort weitergeführt wurde. Nora lag nun in einem Zweibettzimmer. Das Pflegepersonal ermunterte Nora zu essen, doch sie konnte nicht. Sie quälte sich nur noch das Notwendigste hinein. Die Schonkost auf dem Isolierzimmer tat ihr Übriges. Noras Geruchssinn wurde durch die Therapie extrem sensibel. Sie roch Düfte, die ihr sonst nie aufgefallen waren; sie waren sehr stark, taten ihr sogar in der Nase weh. Sie meinte scherzhaft, sie habe nun

eine Nase wie ein Hund. Dafür ließ sie aber der Geschmackssinn im Stich. Deshalb war Nora bei der Nahrungszufuhr
sehr empfindlich geworden. Das Essen schmeckte nicht, und
die Gerüche verursachten bei ihr starke Übelkeit. Auch die
wenige Nahrung, die Nora zu sich nahm, verursachte bei ihr
fast immer Schmerzen. So nahm Nora weiter ab. Seit Beginn
der Therapie hatte sie nun schon dreizehn Kilogramm verloren.

Die dritte stationäre Woche war fast vorbei. Am nächsten
Tag konnte Nora wieder nach Hause fahren. Darüber war sie
zwar sehr froh, aber ihre Gleichgültigkeit gegenüber ihrer
Umwelt stieg an, je schlechter ihr Befinden wurde. Nora war
betrübt und lethargisch.

Ihre Eltern brachten Nora schließlich wieder nach Hause.
Sie ging sogleich zu Bett. Lange konnte sie sich nicht auf den
Beinen halten. Ihre Eltern machten sich große Sorgen um sie.
So hatten sie ihre Tochter noch nie gesehen. Nora schlief die
meiste Zeit. Hin und wieder schlürfte sie eine heiße Suppe,
aber das war es schon meist an Nahrungsaufnahme. Nora
verbrachte die Zeit bis zum nächsten Ambulanztermin in ihrem Zimmer. Die Anwesenheit von anderen Personen konnte
sie nun fast nicht mehr ertragen. Sie war sehr empfindsam
geworden, was Lautstärke, Lichteinfall und Gerüche anbelangt. Noras Zimmer war etwas verdunkelt, und ihre Balkontür war geöffnet. Sie lauschte dem angenehmen Vogelgesang
und wie der Wind durch die Bäume flüsterte. Diese Geräusche hatten ihr immer so gefallen, und in der schweren Zeit
beruhigten sie Nora etwas. So lenkte sie sich zeitweise ab.

Doch ihr sehr starker Geruchssinn und der fast fehlende Geschmackssinn machten ihr schwer zu schaffen. Ihr Gesamtzustand war desolat. Wenn sie sich selbst im Spiegel sah, dachte sie sich: *Was für ein Häufchen Elend!*

Nora war gerade allein zu Hause, ihre Eltern erledigten Besorgungen.

Sie war in Gedanken: *Nur noch ein paar Tage und ich muss wieder zur Ambulanz! Die vorletzte Infusion des dritten Zyklus. Hoffentlich ist es bald vorbei!* Sie merkte, wie sie immer schwächer wurde. Ihr Herz schlug wie verrückt, es tat weh und fühlte sich so an, als ob es zeitweise Aussetzer hätte. Das war sehr unangenehm, denn manchmal spürte sie, wie es den versäumten Schlag nachholen wollte. Es schlug fast zweimal zur gleichen Zeit, und das verursachte ein großes Unbehagen in ihr. Sie musste danach sofort tief Luft holen, sie hatte keine Wahl. Das wirkte sich aber auf ihren Kreislauf aus, ihr wurde sehr leicht schwarz vor Augen. Ihre Kraft schwand immer mehr. Sie musste sich schon sehr anstrengen, um vom Bett aufzustehen. Dabei spürte sie, wie ihre Oberschenkelmuskulatur sie fast im Stich ließ. Sie konnte nur noch unter höchster Anstrengung zur Toilette gehen, fast brach ihr dabei der Kreislauf zusammen. *Ach, wie bin ich schwach geworden, und da soll ich noch einen Zyklus aushalten? Noch einmal drei Wochen dazu ... das kann doch nicht gut gehen!*

Nora mühte sich zu ein paar Schritten im Haus. Mit letzter Kraft schleppte sie sich ins Badezimmer. Ihre Oberschenkelmuskulatur brannte nach nur wenigen Schritten.

Plötzlich bemerkte Nora, wie ihr schwindlig wurde. Das Sehfeld schränkte sich ein. Ihr wurde schwarz vor Augen. Nora spürte, wie ihr Kreislauf gleich zusammenbrechen würde. Sie klammerte sich am Waschbecken fest, um nicht auf den harten Fliesenboden zu klatschen. Sie konnte nun nichts mehr sehen außer Dunkelheit. Ihre Beine versagten. Sie fühlte, wie ihre Hände vom kalten Waschbecken glitten und wie sie langsam auf den Boden sackte. Nora lag auf dem kalten Fliesenboden und verlor komplett das Bewusstsein.

Nora wachte wieder auf. Ihr war kalt. Sie stützte sich mühsam auf und überlegte kurz, was geschehen war. *Wie lange liege ich hier schon? Es ist wohl noch niemand daheim.* Sie versuchte aufzustehen. *Ah … nicht schon wieder! Meine Augen … es wird schon wieder schwarz! Mein Kreislauf ist so geschwächt … ich kann nicht aufstehen! Ich warte kurz, und dann versuche ich ins Zimmer zu kommen.*

Nora verweilte für ein paar weitere Minuten auf dem kalten Boden, bis sich ihr Kreislauf etwas stabilisierte. Dann versuchte sie nochmals aufzustehen, aber sie war zu schwach. Nora überlegte, was sie nun tun könnte … Auf ihre Eltern warten? Ihr war sehr kalt, und bei ihrem Immunsystem war das sehr schlecht. So nahm sie ihre letzte Kraft zusammen und krabbelte auf allen vieren in ihr Zimmer. Mit größter Mühe schleppte sie sich ins Bett. Als sie es geschafft hatte, kroch sie unter die Decke und schlief sofort, total erschöpft, ein.

Von diesem Vorfall erzählte sie ihren Eltern in den nächsten Tagen nicht, sie machten sich schon genug Sorgen.

Nora bekam gerade die vorletzte Infusion des dritten Zyklus verabreicht. Sie blieb noch etwas sitzen, denn sie war nun extrem schwach. Ihr Kreislauf bereitete ihr sehr große Probleme. Bei der geringsten Anstrengung wurde ihr schwarz vor Augen. Das Personal war sehr freundlich und hilfsbereit. Nora bekam ein Glas Wasser. Nach ein paar Minuten wurde sie zum Wagen gebracht.

Sie kam wieder heim. Noras Kreislauf war während der Fahrt besorgniserregend geworden. Die kleinsten Anstrengungen brachten sie in Schwierigkeiten. Nora hielt die Augen geschlossen und döste vor sich hin, um sich zu schonen. Diesmal kam ihr die Fahrt sehr lange vor. *Endlich daheim!*, war ihr einziger Gedanke, als sie zu Hause angekommen waren. Nun hatte sie wieder eine Woche zum Ausruhen. Darüber war Nora sehr froh. *Nur noch eine Infusion, und der dritte Zyklus ist vorbei! Endlich geht es dem Ende zu! Ich halte es langsam nicht mehr aus. Ich bin so schwach geworden ... alles für mich ist so anstrengend geworden ... Ich kann mich nicht mehr motivieren ... auch für die einfachsten Dinge nicht mehr. Ich lass es einfach geschehen ... ich kann nicht mehr ...*

Noras Gedanken verschlimmerten sich mit ihrem Zustand. Ihr Umfeld machte sich größte Sorgen, vor allem ihre Eltern. Sie konnten sie nur unterstützen, so gut es ging, denn Nora war an ihre Grenzen gestoßen.

Nora lag in ihrem Bett und schlief die meiste Zeit. Sie stand nur noch auf, wenn sie zur Toilette musste. Dies geschah unter höchster Anstrengung. Ihre Muskulatur war so geschwächt, dass sie sich kaum bewegen konnte. Kaum tat sie zwei Schritte, versagte ihr Kreislauf. Sie war sehr auf der Hut, um nicht komplett zusammenzubrechen. Ihr Herz spürte Nora nun ständig. Es schlug sehr heftig und schmerzhaft und hatte immer wieder Aussetzer. Das versetzte Nora in Panik. Sie konnte spüren, wie ihr Herz schwächer wurde. Bei den gefühlten Doppelschlägen wurde ihr fast jedes Mal schwarz vor Augen, und es tat ihr in der Brust weh. Ihr Herz schlug dann kurz besonders stark, um in den nächsten Minuten besonders schwach zu werden. Es war ein wechselhaftes Spiel, bei dem die Kraft ihres Herzens immer mehr nachließ. Nora verfiel immer öfter in einen Dämmerzustand, sie wurde apathisch. Die lange Zeit, die sie nun schon ausharren musste, zerrte an ihr. Sie fühlte, dass sie nicht mehr lange durchhalten würde. Und mit ihrer Kraft verlor sie auch ihren Lebenswillen. Sie wollte nur noch ein Ende ihres Leidens. Nichts anderes hatte mehr für sie eine Bedeutung.

Nora wachte auf. Es war Abend geworden. Sie setzte sich unter sehr großer Anstrengung an den Bettrand. So verweilte sie einige Zeit. Sie konnte nicht mehr liegen, hatte Schmerzen davon, spürte sämtliche Knochen.

Es hört einfach nicht mehr auf ... Und diese ständige Übelkeit, es ist zermürbend. Das hält doch niemand auf so lange Dauer aus. Und die Herzaussetzer ... sie dauern immer länger an. Die Doppelschläge tun immer mehr weh ... und mir bleibt dabei auch die Luft

länger weg. Lange stehe ich das nicht mehr durch. Und mein Ge-
schmackssinn ist fast völlig hinüber, ich kann nichts mehr essen. Es
geht nicht mehr ... Kein Geschmack, egal was ich in den Mund
nehme ... es fühlt sich nur wie Sand an, unmöglich zu schlucken.
Dafür tut mir jeder Geruch in der Nase weh ... wirklich jeder, auch
die früher angenehmen sind furchtbar geworden ... so intensiv,
nicht auszuhalten. So habe ich mich noch nie gefühlt, obwohl ich
schon sehr viel aushalten musste.

Nora plagte noch eine weitere Sorge. Sie hatte schon seit
ein paar Tagen einen sehr eigenartigen Geruch in der Nase.
Er verschwand nicht mehr. Zuerst konnte Nora diesen Geruch nicht zuordnen, doch jetzt kam ihr ein seltsamer Gedanke dabei.

Ist das der Geruch des Todes? Ich glaube schon, ich kann es füh-
len. Fühlt sich so der Tod an? Dieser Geruch ist so anders. Ich kann
es mir sonst nicht erklären. Nach meinem Zustand zu urteilen,
würde ich selbst sagen: Ich bin an der Schwelle des Todes ange-
kommen!

Nora weinte, während sie weiterhin am Bettrand saß. Sie
war zwiegespalten. Einerseits wollte sie ihren jämmerlichen
Zustand und ihr Leid sofort beenden, andererseits war es ihr
schon fast egal, wie das geschehen sollte. Ihre Gleichgültigkeit gegenüber ihrer Umwelt wurde immer größer. Nora
dachte immer länger über den Tod nach.

Eine Infusion noch, und wenigstens wäre der dritte Zyklus dann
vorbei. Doch ich kann mir nicht vorstellen, dass ich oder mein Kör-
per einen vierten Zyklus aushalten werden. Beim besten Willen
nicht. Aber die Ärzte werden schon wissen, was sie tun. Ich weiß

nur, dass ich nicht mehr lange durchhalten kann und mein Körper auch nicht. Ich habe manchmal schon das Gefühl, dass mein Herz ganz zu schlagen aufhört. Es schafft die Belastung nicht. Ist das mein Schicksal? Mit Anfang zwanzig zu sterben?

Nora zuckte bei diesem Gedanken zusammen. Sie war verwirrt. Aus den Augenwinkeln konnte sie etwas beobachten. Im Zimmer war diffuses Licht. Es war nun spät am Abend. Nora konnte aber noch einigermaßen gut sehen, die Balkontür ließ das natürliche Restlicht ins Zimmer scheinen. Plötzlich sah sie dunkle Punkte. Zuerst dachte sie, ihr Kreislauf mache wieder schlapp. Nun saß sie schon ein paar Minuten am Bettrand, und das war sehr anstrengend für sie. Nora blinzelte mehrmals, doch es half nichts. Sie sah weiterhin einzelne schwarze Punkte, die sich sehr schnell bewegten. Sie rechnete fest damit, dass ihr Kreislauf jeden Moment zusammenbrechen würde. So legte sie sich wieder ins Bett und zog die Decke bis zum Kinn. Sie wartete ein paar Minuten, und dabei schloss sie die Augen. Nora wollte sich ausruhen und hoffte, dass sich ihr Kreislauf beruhigte. Es geschah auch genau so. Sie konnte mittlerweile sehr gut in ihren Körper hören. Doch nach einer Weile öffnete Nora die Augen, und sie sah diese ominösen schwarzen Punkte trotzdem noch. Der Kreislauf konnte das nicht sein. Sie war durcheinander. Nora versuchte diese schwarzen Punkte loszuwerden, indem sie öfter blinzelte, doch es half nichts. Nora befürchtete schon, sie hätte nun auch an ihren Augen einen Schaden erlitten. Da sie aber ohnehin so erschöpft war und die Nacht hereinbrach, versuchte sie zu schlafen. Nora war zwar sehr beunruhigt über ihre veränderte Wahrnehmung, aber schließlich sank sie einfach weg.

Am nächsten Morgen sah Nora sofort um sich. Sie wollte wissen, ob die schwarzen Punkte wieder weg waren und es nur an ihrem erschöpften Zustand gelegen hatte. Nora richtete sich auf und blickte im Zimmer umher. Sie beruhigte sich etwas, denn sie sah zwar noch vereinzelte schwarze Punkte, jedoch nicht mehr so viele wie gestern Abend. Vielleicht hatte es wirklich an ihrer Erschöpfung gelegen. Nun am Morgen hatte sie ein wenig mehr Energie zur Verfügung. Nora schmunzelte ganz leicht bei dem Gedanken an ein wenig mehr Energie. Dann dachte sie an die bevorstehende letzte Infusion des dritten Zyklus. Es war wieder so weit, und sie wollte mit den Ärzten über ihren Zustand reden.

Die Fahrt zur Ambulanz war für Nora nun sehr gefährlich geworden. Sie hatte permanent das Gefühl, jederzeit zusammenbrechen zu können. Beim Anmeldeschalter musste sie sich sofort hinsetzen, sie konnte keinen Schritt mehr gehen. Sie war zu schwach. Die Wartezeit war für sie eine Qual. Doch als es endlich so weit war, sah das Pflegepersonal, wie es um Nora bestellt war. Sie nahmen ihr Blut ab und brachten sie zum behandelnden Arzt für ein Gespräch. Der Arzt begutachtete Nora und die Laborwerte. Nach ihrem augenblicklich schwachen Zustand fasste er einen Entschluss. Die Werte waren nicht so wie erhofft. Doch der Tumor wurde sehr gut bekämpft. Er war noch nicht so klein geworden wie erwünscht, aber die Größe war an der Grenze. Der Arzt meinte zu Nora, dass bei einer bestimmten Größe des Tumors die Wahrscheinlichkeit bestehe, dass er vernichtet sei. Er erklärte Nora den weiteren Ablauf. Der vierte Zyklus werde gestrichen, weil Nora zu schwach sei. Der Tumor könne in der Nachwirkung der Therapie aber noch kleiner werden, daher würden laufende Kontrolluntersuchungen in engen Abständen durchgeführt. Damit wolle der Arzt, aus Sicherheitsgründen, einen zu frühen Therapieabbruch verhindern. Er meinte, die Chancen auf Heilung stünden gut. Wenn die abschließende Untersuchung einen noch immer grenzwertigen Tumor ergeben sollte, wäre noch genug Zeit, um weitere Therapien in Gang zu setzen. In Noras Fall könnte es eine Operation sein, oder die Chemotherapie könnte fortgesetzt werden. Bis zum Untersuchungstermin könne sich aber noch einiges ändern. Der Arzt versicherte Nora, dass er sehr zuversichtlich sei, dass der Tumor besiegt sei. Nora war darüber sehr froh, denn einen vierten Zyklus hätte sie, so glaubte sie, nicht überstanden. Sie schöpfte wieder etwas Hoffnung. Im Anschluss an das Arztgespräch wurde ihr die letzte Infusion des dritten Zyklus verabreicht.

Wieder zu Hause angekommen, kroch Nora sofort ins Bett. Die Freude über die letzte Infusion währte nur kurz, denn die Nebenwirkungen kamen auch diese Nacht über sie. Schüttelfrost, Fieber, Übelkeit und völlige Erschöpfung. Sie hoffte trotzdem, die schlimmste Zeit in ihrem Leben sei nun vorbei und es würde wieder aufwärtsgehen. Mit diesem Gedanken schlief Nora ein.

Der nächste Tag brach an, und Nora fühlte sich nicht gut. Die Erholungsphase war noch zu kurz. Sie war in einem so schlechten Zustand, dass die Freude über die Beendigung der Therapie sofort weg war. Nora kauerte nur noch in ihrem Bett herum. Sie stand nicht auf, und essen wollte sie auch nicht mehr, sie konnte einfach nicht. Sie brachte nichts mehr runter.

Die Tage vergingen, und Noras Zustand besserte sich nicht. Immer wieder holten ihre besorgten Eltern den Arzt. Er verabreichte ihr Infusionen zur Stärkung und meinte, Nora brauche noch mehr Zeit, um sich von so einer schweren und langen Therapie zu erholen. Nora nahm die Worte gelassen. Waren doch insgesamt schon vier Monate vergangen. Vier Monate des Leidens. Sie flüchtete sich nochmals in einen tranceähnlichen Zustand, triftete wieder in ihre Gleichgültigkeit ab. Nichts hatte für sie mehr eine Bedeutung, sie wollte nur alles beenden ... alles hinter sich lassen ... kein Leid mehr erfahren müssen.

Nora war allein in ihrem Zimmer. Sie saß wieder am Bettrand. Die Vormittagssonne schien herein. Nora wurde den eigenartigen Geruch nicht los, er machte sie sehr besorgt.

Dieser Geruch macht mich fertig. Er ist so seltsam, ich kann es mir nicht erklären. Niemand sonst kann ihn wahrnehmen. Ist das wirklich der Geruch des Todes? Und die schwarzen Punkte ... sie verändern sich. Zuerst waren es nur einzelne, sich sehr schnell bewegende. Nun werden es mehr, und sie bewegen sich langsamer. Dadurch kann ich mehr erkennen. Es scheint fast so, als ob sie sich formen würden. Werde ich jetzt auch noch verrückt? Ich lege mich wieder hin, vielleicht verschwinden sie dann.

Doch Nora wurde auch sie nicht los, im Gegenteil, die schwarzen Punkte wurden immer mehr, und ihre Geschwindigkeit ließ dafür nach. Auch der von ihr so genannte Geruch des Todes blieb ihr erhalten. In den nächsten Tagen änderte sich nichts daran. Nora blieb so schwach wie vorher, obwohl die Therapie beendet war, und der Geruch und die Punkte waren nun beinah normaler Teil ihres Alltags. Mittlerweile waren die Punkte zu schwarzen Flecken geformt. Sie schwirrten um Nora herum und begannen bereits ihr Blickfeld zu trüben. Sie wollte lieber nicht darüber reden, es müssten doch alle denken, sie sei verrückt. Sie hatte das alles so satt. Sie wollte einfach nicht mehr. Sie ersehnte sich nur noch ein Ende herbei.

Nora stieß einen Schrei aus. Völlig entgeistert sah sie in eine Ecke ihres Zimmers. Mit großen Augen beobachtete sie die schwarzen Flecken. Nora hatte etwas dabei gespürt. Sie nahm eine Präsenz wahr. Sie war sehr mächtig, und Nora bekam es mit der Angst zu tun. Etwas Fremdes und sehr Mächtiges war in ihrem Zimmer, dessen war sie sich sicher. Am liebsten wäre sie hinausgerannt, aber da sie so schwach war und sich der ominöse schwarze Fleck zwischen ihr und der Tür befand, konnte sie sowieso nicht entkommen. Sie zitterte. Nora sah starr auf die schwarzen Flecken und bekam große Panik. In ihr stieg eine furchteinflößende Hitze auf. Nora hielt für einen Moment den Atem an. Im nächsten Moment bewegten sich die schwarzen Flecken mit hoher Geschwindigkeit im Zimmer umher. Dabei formten sie sich immer neu zu größeren Flecken, bis sie in einer anderen Ecke des Zimmers verharrten. Nora konnte spüren, dass diese Flecken lebendig waren, doch sie konnte es nicht begreifen.

Was geht hier vor? Wer bist du? Was willst du von mir? Ich habe große Angst! Während sie das dachte, fixierte Nora die sich wandelnden schwarzen Flecken.

Gleich darauf schossen die Flecken im Zimmer umher, bis sie einen großen dunklen Schatten an der Wand bildeten. Nora spürte, wie ihr Herz donnerte, wie ein Presslufthammer, jeder Schlag in ihrem Brustkorb verursachte bei ihr große Schmerzen. Gleich darauf zischte der unheimliche Schatten durchs Zimmer und verschwand plötzlich. Nora blickte besorgt und hektisch um sich, aber sie konnte den Schatten nicht mehr sehen.

Was war das denn? Wie kann das überhaupt sein? Bin ich schon verrückt geworden? Aber diese machtvolle Präsenz war deutlich für mich zu spüren! Irgendetwas war in meinem Zimmer! Doch jetzt scheint es weg zu sein ... zum Glück! Sie zitterte am ganzen Körper. Sie war jetzt hellwach. Heute Nacht würde sie das Licht anlassen. Sie war nicht allein im Zimmer ... dessen war sie sich sicher. Aber was war das? War es wieder so eine Erfahrung, wie sie sie nun schon zweimal gehabt hatte? Aber dieses Mal hatte es sich so anders angefühlt ... Sie fühlte eine große Macht, die von diesem Schatten an der Wand ausging. Sie fühlte sich ganz klein und verloren. Sollte sie mit jemandem darüber reden? Lieber nicht! Wer würde ihr schon glauben? Sie würden wahrscheinlich denken, sie sei nur erschöpft und fantasiere. Ihre Eltern würden sich nur noch mehr Sorgen machen, und das wollte Nora nicht.

Sie war sich sicher, diese Macht war nicht von dieser Welt. Auch bei ihren beiden vorigen Erfahrungen hatte sie eine wahnsinnsgroße Macht verspürt, aber sie war dennoch ein wenig anders als diese. Damals fühlte sie eine besondere Wärme und Geborgenheit, sie wollte überhaupt nicht zurück. Doch dieses dunkle Wesen, oder was es auch sein mochte, vermittelte keine Geborgenheit. *Ist das womöglich etwas anderes? Ich habe wirklich Angst – es gibt so viel mehr, als wir Menschen zu wissen glauben. Die meisten Menschen sind so von sich überzeugt, und sie denken, sie seien die am höchsten entwickelten Wesen. Aber ich bin mir da seit meinen Erfahrungen nicht mehr sicher. Ich glaube, nein, ich weiß … es gibt noch viel mehr, als wir Menschen uns erträumen können. Meine Erfahrungen waren so real … und sie sind schwer zu beschreiben. Aber wenn man sie selbst erlebt hat, dann begreift man erst richtig, was in einem vorgeht, es sieht dann alles ganz anders aus.*

Ein paar Tage vergingen, und Nora ging es so lala. Sie erholte sich nicht wie erhofft. Die Therapie war zu Ende, aber ihr Zustand war noch immer sehr schlecht. Ihre Motivation und Lebensfreude kamen nicht wieder. Der sehr schwache Zustand ihres Körpers nagte an ihr. Sie lag fast nur im Bett, ihre Kraft kehrte nicht zurück. Sie erinnerte sich an die Worte des Arztes, der meinte, die Therapie wirke sich auch nach der Beendigung noch im Körper aus. Der menschliche Organismus verarbeite die Substanzen noch für längere Zeit, und die

Organe bräuchten sehr viel Zeit, sich wieder zu erholen. Die verschiedenen Ärzte machten auch unterschiedliche Aussagen zu Noras weiterem Weg. Kein Arzt wollte es direkt ansprechen, aber ... die Therapie hatte auch schwerwiegende Nebenwirkungen für Noras Körper gehabt. Ihre Organe waren durch Bestrahlung und Chemo angegriffen worden, wie die nachfolgenden Untersuchungen zeigten. Aber die Ärzte deuteten nur an, dass Nora viel Zeit zur Erholung brauchen würde. Die solle sie sich auch nehmen. Wenn sie solche Informationen bekam, musste Nora immer ein wenig schmunzeln. Denn sie war ja ohnehin so schwach, dass sie ganz bestimmt keine Bäume ausreißen konnte.

Als mit fortlaufender Zeit keine Besserung eintrat, kam Nora immer mehr in ihren Gleichgültigkeitsrhythmus. Sie wurde dabei immer apathisch, wenn sich ihre etwas besseren Tage mit den schlechten abwechselten. Einzig die Grenzerfahrungen hatten dann für sie noch eine Bedeutung. Vor allem die letzte Erfahrung ließ sie nicht los ... der große Schatten an der Wand. Die enorm hohe Geschwindigkeit, mit der sich die schwarzen Flecken bewegt, aber dennoch an Stellen im Zimmer ausgeharrt hatten. Die Macht, die davon ausging. Für Nora war klar ... dieses Etwas war lebendig!

Ich hatte es wirklich spüren können, wie es mit mir zu Ende ging! Aber ich bin noch immer hier. Schwer gezeichnet durch Krankheit und Therapie, aber ich bin noch am Leben! Aber eine Frage geht mir nicht mehr aus dem Kopf. Was kommt danach? Nur Finsternis? War es das? Einfach so gelebt und dahingeschieden? Oder kommt noch was anderes auf uns zu? Ich meine: Ja! Damals, *in jener Nacht, als mein Herz so entsetzlich wehtat und ich keine Chance mehr hatte, mich zu bewegen. Da hatte ich dieses Rauschen gefühlt, das mich schließlich völlig einhüllte. Ich war damals nicht allein gewesen ... ich bin mir dabei völlig sicher! Aber wer war das? War es ein Engel? Gibt es sie doch? Nicht nur für einige Menschen, die daran glauben? Auch beim Autounfall hatte ich meinen Körper verlassen, ich habe mich selbst gesehen ... von außen ... und ich war davongeschwebt. Das war ein sehr merkwürdiges Gefühl. Aber auch da war ich schließlich nicht allein. Ich hatte ein Wesen gefühlt ... es war wunderbar und so mächtig! Mächtiger als alles, was ich bisher kannte. Und ich hatte das sehr starke Gefühl, nach Hause zu kommen ... ganz nach Hause! Man kann das nur selbst begreifen, wenn es so weit ist, denke ich. Und die dritte Erfahrung war wiederum anders. Ich fühlte mich dabei nicht so geborgen, nein, ganz im Gegenteil ... Ich wusste, es war etwas da, und ich spürte auch diese große Macht ... aber war sie mir auch wohlgesinnt? Ich weiß es nicht. Kommt das Wesen mich holen? Wohin? Und dieser Geruch, den ich nicht mehr los werde ... gehört der zu dem Schattenwesen? Ist es überhaupt ein Schattenwesen? Gehörten die schwarzen Punkte dazu, oder war das auch etwas anderes? Warum konnte ich es sehen? Warum kann ich es **jetzt** sehen? Bin ich wieder an der Grenze? An der Grenze zwischen Leben und Tod? Nach meinem körperlichen und nun auch geistigen Zustand zu urteilen, würde ich sagen ... ja ... ich bin es!*

Nora dachte nun sehr viel an Engel. Sie versuchte sich selbst Hoffnung zu geben, indem sie von guten Engeln las oder nur ihre Bilder ansah. Dabei kam Nora ein für sie besonderes Bild unter. Es zeigte einen schwarzen Engel. Dieses Bild faszinierte Nora sehr. Es ließ sie nicht mehr los.

15. Kapitel »Überlebensinstinkt«

Nora lag im Bett und dachte nach. *Der schwarze Engel! Das Bild geht mir nicht mehr aus dem Kopf. Es fasziniert mich, ich weiß nicht, warum. Gibt es wirklich Engel? Ich war nie besonders gläubig, aber meine Erfahrungen zeigten mir, dass es so viel mehr geben könnte. Die schwarzen Punkte … sie formten sich, als es mir schlechter erging. Sie bewegten sich dann auch langsamer, deshalb konnte ich sie besser erkennen. Steht das im Zusammenhang? Wenn es mir schlechter geht, kann ich dann mehr von diesen unbekannten Dingen sehen oder sogar begreifen? Ich denke nun schon fast ständig daran. Es lässt mir keine Ruhe mehr, ich kann mich nicht entziehen.*

Nora verbrachte die nächsten Tage wie bisher. Sie lag lethargisch im Bett und wartete auf den Zeitpunkt der Abschlussuntersuchung. Er rückte immer näher. Ihre Gedanken behielt sie für sich. Sie erwähnte ihre Erlebnisse mit keinem Wort. Sie wollte niemanden beunruhigen und sich selbst schützen. Es würde sie sowieso niemand richtig verstehen. Noras Allgemeinzustand war weiterhin sehr schlecht. Auf andere musste sie sehr zerbrechlich wirken, und alles war für sie eine große Belastung. Die kleinsten, sonst alltäglichen Dinge waren für sie höchst anstrengend. Ihre Gedanken drehten sich fast immer um ihre drei seltsamen Erfahrungen.

Die Nacht mit den großen Schmerzen in ihrem Herzen, in der sie sich nicht mehr bewegen konnte. Das Rauschen, das sie einhüllte, als das weiße Licht auf sie zukam. Dann der Autounfall, bei dem sie sich selbst von außen sah, sich von der Erde entfernte und alles so unwichtig erschien außer der starken Bindung zu ihren Eltern – bis zu dem Moment, da sie etwas noch sehr viel Stärkeres fühlen konnte. Bis sie das Gefühl hatte, nach Hause zu kommen. Sie hatte nicht zurückgewollt, doch es erschien ihr ein Wesen, das ihr zu verstehen gab, dass ihre Zeit noch nicht gekommen sei. Beim Gedanken an das dritte Erlebnis aber wurde ihr immer ganz anders. Die schwarzen Punkte. Sie bewegten sich so schnell, und sie formten sich zu schwarzen Flecken. Nora empfand dabei nichts Bekanntes und auch keine Wärme oder Geborgenheit. Es war anders. Nora hatte Angst.

Die nächsten Tage verliefen für Nora immer gleich. Sie lag im Bett und dachte sehr viel an ihre Erlebnisse. Sie stand nur auf, wenn sie zur Toilette musste oder sie eine Suppe zu sich nahm. Sie sprach nur das Allernotwendigste mit ihren Eltern, und sie ruhte sich sehr viel aus. Doch ihr Gesamtzustand blieb auf diesem Niveau stehen. Nora hatte nicht das Gefühl, dass sie sich erholen konnte. Ihr Körper war noch immer in einem sehr schlechten Zustand. Ihre Eltern und engsten Freunde sprachen ihr immer wieder Mut zu. Doch für Nora waren auch diese kurzen Gespräche sehr anstrengend. Sie hatte keine Kraft. An einem bestimmten Punkt ließ Nora den Dingen ihren Lauf. Sie ließ es geschehen. Sie triftete wieder in ihren lethargischen Zustand ab. Nur so konnte Nora ihre

Kräfte schonen. Nora hatte nur eine kleine Energiereserve zur Verfügung, und damit musste sie auskommen, so empfand sie es.

Nora war wieder zwiegespalten. Einerseits wollte sie die Ergebnisse der großen Abschlussuntersuchung schon jetzt wissen und damit die letzte Hürde meistern, um wieder nach vorn blicken zu können. Um wieder gesund zu werden und ihre Kraft wiederzuerlangen. Doch andererseits hatte sie auch Angst davor. Was wäre, wenn es ein negativer Bescheid wäre? Dann hätte sie die Gewissheit, dass die Krankheit nicht besiegt war. Wie würde es dann weitergehen? Sie hätte doch keine Kraft mehr, weiterzukämpfen. Nora wollte nur noch ein Ende ihres Leidens ... egal wie dieses Ende aussah. Dieser Zwiespalt zermürbte sie.

Der Tag war gekommen. Die letzte große Untersuchung stand auf dem Plan. Nora war aufgeregt, als sie ins Auto stieg. Jetzt gab es kein Entrinnen mehr. Sie wurde ins Krankenhaus gebracht. Die Untersuchung selbst würde ungefähr eine halbe Stunde dauern, aber mit Warte- und Vorbereitungszeit würde Nora doch einige Stunden im Krankenhaus verbringen.

Es war sehr anstrengend für sie. Schließlich wurde sie in einen Raum gebracht, wo sie sich auf einer Liege ausruhen konnte. Nora döste vor sich hin und versuchte so wenig Energie wie möglich zu verbrauchen. Dann war es so weit. Nora wurde ein Mittel verabreicht, und sie wurde zur Untersuchung gebracht. Sie lag in einer Röhre und musste sich ruhig verhalten. Nach einer Weile kam jemand vom Personal zu Nora und meinte, sie könne wieder aufstehen, die Untersuchung sei vorbei. Nora wusste, jetzt begann wieder die nervenaufreibende Wartezeit, bis das Ergebnis bekanntgegeben wurde. Nora wollte es am liebsten sofort wissen. Wollte sofortige Gewissheit, ob der Tumor endlich besiegt war, doch sie musste sich gedulden. Als Nora von der Röhre aufstand, fühlte sie, wie ihr Kreislauf etwas schwächer wurde. Sie hielt sich am Gerät fest und wartete kurz. Das Pflegepersonal fragte sie, ob alles in Ordnung sei. Sie solle sich nur Zeit nehmen. Dabei wurde Nora gestützt. Danach erholte sie sich wieder und ging aus dem Untersuchungszimmer. Im Wartebereich waren ihre Eltern, die sie wieder nach Hause bringen wollten. Doch kurz bevor sie bei ihnen ankam, brach Nora zusammen. Ihr Kreislauf hatte versagt. Es herrschte helle Aufregung im Warteraum, und ihre Eltern holten sofort Hilfe. Das Pflegepersonal eilte herbei, und sie kümmerten sich um Nora. Sie wurde in ein Zimmer gebracht und erstversorgt. Ihre Eltern mussten draußen warten. Nora bekam Infusionen und Injektionen. Den Ärzten gelang es, Nora wieder zu stabilisieren. Sie blieb noch unter Beobachtung. Nora war wieder ansprechbar, aber sie fühlte sich sehr schwach. Die Ärzte berieten und hielten es für notwendig, Nora stationär aufzunehmen. Zu ihrer eigenen Sicherheit.

So geschah es auch. Nora war wieder im Krankenhaus aufgenommen worden, ihre Eltern mussten sich allein auf den Heimweg machen. Sie blieben noch eine Weile, aber irgendwann fuhren sie schließlich heim. Nora wurde in einem

Überwachungszimmer untergebracht, sie war allein in einer Art Koje. Einige Geräte und Monitore waren um Nora angeordnet. Nora schlief sofort ein, sie war sehr erschöpft.

Die nächsten Tage waren für Nora wieder allesamt gleich. Sie lag im Überwachungszimmer, und die Ärzte versuchten ihren Zustand zu stabilisieren. Es gelang ihnen nur bedingt. Noras Körper kam nicht so in Schwung, wie es die Ärzte sich erhofften. Die Krankheit und die langwierige Therapie hatten ihren Tribut gefordert. Die Ärzte machten sich auch Sorgen um einige Organe von ihr. Nora meinte trocken, vielleicht könne man die wenigen Organe, die nicht unmittelbar betroffen waren, auch noch involvieren, damit sie sich nicht benachteiligt fühlten. Die Ärzte wussten nicht recht, wie sie mit Noras Galgenhumor umgehen sollten; sie bestärkten sie, sich nicht entmutigen zu lassen. Sie würden alles tun, sie wieder auf die Beine zu bekommen, und das Ergebnis der letzten Untersuchung stehe auch noch aus. Eine positive Nachricht könne Nora aus ihrer Situation befreien, ihr den nötigen Aufschwung bescheren. Mit dieser Hoffnung wollten die Ärzte Nora und ihre Eltern aufbauen.

Doch Nora flüchtete sich in ihre Gleichgültigkeit. Sie konnte nicht mehr anders. Alles verlangte ihr sehr viel an Kraft ab, und sie wollte nicht mehr im Krankenhaus sein. Sie hatte einen regelrechten Klinikkoller. Sie wollte ihre Situation beenden ... egal wie. *Irgendwann gibt jeder auf,* dachte sie, und der einzige Weg, nicht sofort durchzudrehen, war abzuschalten, so gut es ging. Deshalb versuchte sie einfach so dahinzudösen. Sie flüchtete sich in den tranceähnlichen Zustand, der ihr in schwierigen Zeiten ermöglichte, die schrecklichen und langwierigen Momente zu überstehen.

Die Ärzte beobachteten den Verlauf von Noras Zustand argwöhnisch. Sie versuchten alles, um sie aus ihrer Situation zu befreien, aber ihr Zustand glich immer mehr dem einer Patientin, die sich selbst aufgab. Das wollten die Ärzte unbedingt vermeiden, aber ohne Hilfe von Nora konnten sie nur zusehen, wie es bergab ging. Ohne Noras Zutun waren auch die Ärzte hilflos.

Nora war nunmehr in einem fast dahinvegetierenden Zustand. Sie war zwar ansprechbar und bekam ihre Umwelt noch mit, aber sie bewegte sich kaum, und sie wollte auch nicht sprechen. Sie verweigerte fast immer ihr Essen, es war für sie nur anstrengend, und sie hatte weiterhin keinen Geschmackssinn. Die Ärzte informierten ihre Eltern. Noras Organe und vor allem ihr Herz machten ihnen die größten Probleme. Doch sie meinten zu den Eltern, dass sich die Organe mit der Zeit von der Therapie erholen würden. Manche Werte seien nicht so bedenklich, aber man erkenne eben die Auswirkungen der Therapie. Das sei jedoch noch kein unbedingter Grund zur Sorge. Die Zeit und ein paar Medikamente würden mit großer Wahrscheinlichkeit helfen. Was ihnen dagegen wirklich große Sorgen bereite, sei Noras Herz und damit ihr Kreislauf. Nora habe Herzrhythmusstörungen und deshalb Kreislaufbeschwerden. Ihr Gesamtzustand sei sehr schwach. Die Ärzte versicherten Noras Eltern, dass sie noch länger auf der Überwachungsstation bleiben werde. Sie konzentrierten sich nun auf die Herzrhythmusstörungen. Noras

Eltern waren sehr besorgt. Sie verbrachten jede freie Minute bei ihr. Doch Nora nahm davon nur bedingt Notiz.

Sie war abwechselnd etwas konzentrierter wach und dann wieder nicht. Sie empfand kein Zeitgefühl mehr. Sie bemerkte gerade noch so, ob es Tag oder Nacht war. Und sie spürte ihr Herz heftig pochen. Wieder der schmerzende Brustkorb, wieder die Aussetzer, wieder die Doppelschläge. Nora kannte das nun schon so gut. Ihre Umgebung nahm sie nur vage wahr. Sie war wieder in die Gleichgültigkeit geflohen, nichts hatte mehr eine Bedeutung für sie. Sie wollte nur ein Ende. In ihren kurzen Wachphasen konnte sie jetzt auch wieder die schwarzen Punkte erkennen. Noras Angst war zwar da, aber sie war nicht mehr so groß wie noch vor einiger Zeit. Nora hatte großen Respekt vor der Situation, und es beschäftigte sie auch sehr. Aber sie wollte nun mehr. Sie wollte erfahren, was das Ganze sollte und, vor allem ... ein Ende. Sie hatte nun immer dieselben Gedanken: *Ich kann nicht mehr! Wenn es sein soll und mein Ende ist nun gekommen, ich wehre mich nicht mehr. Ich bin zu schwach, ich möchte nicht mehr. Kann mich jemand erlösen? Die schwarzen Punkte vielleicht? Wer oder was auch immer das sein soll. Ich bin mir zwar nicht sicher dieses Mal, aber beim Autounfall war es doch so schön dort, wohin ich unterwegs war. Vielleicht komme ich jetzt dorthin ... wäre das möglich? Ich würde es mir so sehr wünschen! Wenn es Engel und einen Gott geben sollte ... dann bitte lasst mich nicht länger leiden! Ich bitte euch, erlöst mich von meinem Leid! Bitte!*

Gerade in dem Moment wurde Nora bewusst, wie ein Arzt an ihr hantierte. Sie bekam eine Infusion. Dann bemerkte sie, wie der Arzt ihr eine neue Leitung legte. Den kleinen Stich fühlte sie nur schwach, sie war schon sehr abwesend.

Doch in den kurzen Momenten, in denen sie ihre Augen aufschlug, nahm Nora vage ihre Umgebung wahr. Ihre Augen bewegten sich nicht mehr auf Zurufe des Krankenhauspersonals, sondern sie nahm wieder die schwarzen Punkte wahr. Nora verfolgte die schwarzen Punkte, und dabei sah sie, wie sie sich allmählich wieder zu schwarzen Flecken formten. Die Flecken wurden größer und langsamer in ihren Bewegungen. Sie formten sich ständig neu. Zwar verharrten sie immer wieder an einem Platz, aber sie schienen sich ständig neu zu formieren. Es war lebendig! Zumindest für Nora, denn niemand sonst konnte das beobachten.

Nora sah an die Decke. Die schwarzen Punkte hatten sich nun zu einem einzigen schwarzen Fleck geballt. Er verharrte an der Decke. Nora musste immerzu hinblicken, konnte nicht wegsehen. Der schwarze Fleck faszinierte sie. Er blieb an der Deckenwand, als ob er dort klebte. Dabei tat sich für Nora ein eigenartiges Bild auf. Der Schatten regte sich zwar nicht, aber dennoch war er in ständiger Bewegung. Schwer zu beschreiben, aber für Nora schien es, als ob er sich ständig neu formierte … in sich formierte. Für Nora waren keine scharfen Konturen zu sehen, es war mehr ein schummriger schwarzer, ein in sich bewegender Schatten.

Nora war jetzt allein im Zimmer. Sie nahm ihren ganzen Mut zusammen und sagte zu dem Schatten über ihr: »Wer bist du?«

Es kam keine Antwort.

Nora probierte es noch einmal. »Wer bist du? Ich weiß, dass du hier bist. Ich kann dich sehen, es geht eine unglaubliche, machtvolle Anziehungskraft von dir aus. Ich kann mich nicht dagegen wehren, das weiß ich. Ich kann es fühlen. Ich habe Angst. Bitte sag mir, wer du bist.«

Im nächsten Moment kamen Ärzte und Pflegepersonal zu Nora in die Koje gestürmt. Sie agierten hektisch und laut, versorgten Nora mit Injektionen und Infusionen. Nora bekam ein sonderbares Gefühl. Sie nahm die Ärzte nur vage wahr. Ihre Worte vernahm sie nur sehr entfernt, so kam es ihr vor. Nora war in einem sehr kritischen Zustand. Sie selbst konnte nun nicht mehr sagen, ob sie ihre Worte zu dem Schatten gesprochen oder nur gedacht hatte. Sie befand sich an einem Scheideweg.

Plötzlich wurde es um Nora finster. Sie hörte und sah nichts mehr. Ihre Schmerzen hörten schlagartig auf. Es war ein fast befreiendes Gefühl für sie ... endlich keine Schmerzen zu fühlen.

Nora hörte ein Piepsen. Sie wachte auf. Als sie die Augen öffnete, wurde sie geblendet.

»Na, wieder wach? Willkommen zurück, wir haben uns schon Sorgen gemacht. Ich dämpfe das Licht, dann blendet es Sie nicht so. Ist es so besser?«

Nora wusste im ersten Moment nicht, was los war. Wer gerade gesprochen hatte. Sie sah sich um. Sie erblickte eine Krankenpflegerin, die sich zu ihr beugte.

»Ich habe das lästige Piepsen abgestellt. So ist es doch viel angenehmer, nicht wahr?«

Nora nickte. Die freundliche Krankenpflegerin versorgte Nora.

»Sie sind wohl noch nicht ganz wach? Keine Sorge, es ist alles in Ordnung. Ruhen Sie sich nur ordentlich aus. Wir kümmern uns um Sie.«

»Was ist passiert? Ich verstehe nicht ganz.«

»Ja, das glaube ich. Sie waren kurz weggetreten … Aber jetzt sind Sie wieder bei uns. Wir versorgen Sie, Sie brauchen sich nur auszuruhen und sich erholen.«

»Ich verstehe noch immer nicht … Kurz weggetreten? … Was ist passiert? … Wo bin ich?«, fragte Nora sichtlich verwirrt.

Die freundliche Pflegerin antwortete: »Ja, Sie hatten kurze Aussetzer. Aber wir haben es noch rechtzeitig mitbekommen, die Überwachungsmonitore zeigten es an. Die Ärzte haben Sie wieder ins Leben geholt. Machen Sie sich keine unnötigen Sorgen. Es ist alles in Ordnung. Sie brauchen nur viel Ruhe, dann wird es schon wieder. Ich lasse Sie jetzt schlafen.« Dann verließ sie Nora.

Nora war durcheinander. Sie sah an die Decke, aber sie sah keinen Schatten mehr. *Das Letzte, woran ich mich erinnern kann, war der große schwarze Schatten, doch nun sehe ich ihn nicht mehr. Ich bin verwirrt. Was ist geschehen? Ich fühlte für einen Moment keine Schmerzen, doch nun schon. Mein Körper fühlt sich so schwer an. Ach, ich bin so müde!*

Erschöpft schlief Nora ein.

Als sie wiedererwachte, war es bereits Morgen. Das Pflegepersonal brachte ihr Frühstück. Die anschließende Visite informierte sie über ihren derzeitigen Zustand. Die Ärzte meinten, Nora habe einen Schwächeanfall erlitten. Es sei kritisch gewesen, aber sie hätten Nora so weit stabilisieren können. Sie bekam deswegen eine neue Infusionstherapie. Die Ärzte sagten weiterhin, Nora müsse noch einige Zeit hierbleiben, um zu Kräften zu kommen. Nora wollte wissen, ob es schon ein Ergebnis ihrer Abschlussuntersuchung gebe. Die Ärzte vertrösteten Nora, sie müsse sich noch gedulden. Sie solle sich, meinten sie, in erster Linie auf ihre momentane Genesung konzentrieren, das sei im Moment am wichtigsten. Nora bemerkte, dass die Ärzte ihr etwas verschwiegen. Sie wichen ihrer Frage aus. Nora ihrerseits wollte zwar Antworten, aber dennoch konzentrierten sich ihre Gedanken fast ausschließlich auf den geheimnisvollen Schatten. Er ließ Nora nicht mehr los. Wer oder was war das? Kam er, um sie zu holen? Immer, wenn es Nora sehr schlecht erging, konnte sie ihn sehen. Sie kam sich angesichts seiner machtvollen Anziehungskraft sehr klein vor … wie ein kleiner Mensch, der nicht das Geringste dagegen ausrichten konnte. Gemischte Gefühle stürmten auf Nora ein, während sie in ihrem Krankenbett lag und an die Decke starrte. Schließlich schlief sie erneut ein.

Ein Arzt kam zu Noras Eltern, die vor der Krankenstation warteten. Er berichtete ihnen, dass Nora Herzaussetzer hatte. Das Herz bereitete den Ärzten Sorgen. Die früher erlittene Herzmuskelentzündung und die anstrengende Therapie setzten ihm zu. Der Arzt versicherte, dass Nora die größtmögliche medizinische Unterstützung bekomme, aber sie sei sehr geschwächt, und in so einem Fall könne es bei Patienten vorkommen, dass sie nur noch schwer ins Leben zurückfinden. Auch bei Nora sei zu bemerken, dass ihr Lebenswille nicht mehr so stark sei. Der sei aber ein entscheidender Faktor, um wieder gesund zu werden. Noras Eltern brachen bei dieser Nachricht in Tränen aus.

Nora war gerade wach. Ihr Mittagessen wurde serviert. Sie nahm nur ein paar Bissen zu sich und verweigerte anschließend das Essen. Sie war sehr schwach. Der fehlende Geschmackssinn und der übersteigerte Geruchssinn bereiteten ihr ständige Übelkeit. Außerdem fühlte sie sich, als ob sie mehrere hundert Kilo schwer wäre. Jede noch so kleine Bewegung war nur unter höchster Anstrengung möglich. Ihre Eltern versuchten ihr Mut zuzusprechen, sie wieder etwas aufzubauen. Doch sie merkten rasch ... Nora war nicht mehr dieselbe. Sie war so zerbrechlich geworden, und ihr fehlte auch die Herzlichkeit, die sie früher immer ausgezeichnet hatte. Nora hatte aufgrund der Umstände ihren Lebensmut verloren. Noras Eltern waren bestürzt. Sie wollten alles unternehmen, um ihre Tochter wiederaufzurichten. Doch die Ärzte rieten ihnen, sie nicht zu drängen. Nora müsse selbst wieder zu Kräften kommen, die Unterstützung von außen könne nur bedingt helfen, und sie dürfe unter keinen Umständen gedrängt oder gar gezwungen werden. Dabei werde nur das Gegenteil erreicht. Noras Eltern nahmen dies nur sehr schwer hin.

Für Nora war wieder jeder Tag gleich. Zwischendurch war sie wach, aber die meiste Zeit über schlief sie oder dämmerte vor sich hin. Ihre Eigeninitiative war dabei gegen null gesunken. Die Ärzte versuchten alles, ihren Zustand zu verbessern, aber ohne die Mithilfe von Nora gelang das kaum. Sie bereiteten ihre Eltern auf das Schlimmste vor, denn sie wussten von vergleichbaren Fällen, dass es nun doch sehr rasch enden könnte. Dabei werde das Ergebnis von Noras Abschlussuntersuchung in den nächsten Tagen vorliegen. Die Ärzte meinten, dass eine positive Nachricht Nora vielleicht den unbedingt notwendigen Schub geben könnte, ihren Lebenswillen wiederzufinden. Weil sie sehen könnte, dass es doch wieder bergauf gehen konnte. Doch so lange müsse Nora durchhalten. Dabei wurde ihr Herzschlag immer unregelmäßiger.

Nora nahm ihre Umgebung nur sporadisch war. Sie reagierte nicht mehr, wenn die Ärzte oder das Pflegepersonal bei ihr waren oder nur vorbeigingen. Sie war in ihrer Gleichgültigkeit gefangen. Noras Augen verfolgten ausschließlich den schwarzen Schatten. Er war nun ständig für Nora zu sehen. Auch wenn sie zu erschöpft war und ihre Augen schließen musste, konnte sie ihn bei sich fühlen. Sie wusste genau, wo er sich befand … an ihrem Fußende, an der Decke, links oder rechts von ihr oder an der gegenüberliegenden Wand. Sie sah oder spürte ihn. Für Nora war das eine ständige Tatsache geworden. Sie hatte Angst, weil sie dieses Unbekannte nicht wirklich begreifen konnte. Aber dennoch wich ihre Angst in den Momenten, in denen sie dachte, sie müsse ihren Körper verlassen. Etwas zog an ihr. Sie wehrte sich zunächst, aber sie erkannte ... sie hätte keine Kraft, um sich lange dagegen zu wehren ... und sie hätte sowieso keine Chance, dessen war sie sich sicher. Nora nahm in solchen Momenten ihren ganzen Mut und ihre letzte Kraft zusammen. Sie wusste selbst nicht mehr, ob sie sprach oder nur dachte, aber sie versuchte, mit dem Schatten zu kommunizieren.

»Bitte sag etwas! Bist du hier, um mich zu holen? Wer bist du? Bist du der Tod? Oder ein Engel? Oder gar Gott? Ich bin so schwach geworden, jede Bewegung verursacht Schmerzen und völlige Erschöpfung. Ich kann nicht mehr! Wenn du es beenden kannst ... dann bitte ich dich darum ... lass mein Leid zu Ende sein, bitte ... ich will nicht mehr.«

Keine Antwort kam. Nora war traurig. Sie fühlte, dass es noch etwas gab, was die Menschen nicht sehen oder begreifen konnten, doch sie konnte es nun. Weil sie an ihrem Lebensende angekommen war? Nora war traurig, weil sie sehr gern Gewissheit haben wollte. Gewissheit über ihr Leben, ihren weiteren Weg. Doch sie bekam keine Antwort auf ihre Fragen. Ihre Traurigkeit übertrug sich auf ihr Herz. Im nächsten Moment spürte Nora einen brennenden Schmerz in ihm. Sie hörte noch dumpf die hektischen Worte des Krankenhauspersonals. Sie stürmten zu Nora. Nora starrte aber nur noch an die gegenüberliegende Wand. Sie sah den schwarzen Schatten, wie er immer mehr Form annahm und dabei größer wurde. Nora sah nur einen winzigen Moment nicht hin, weil sie einen so großen brennenden Schmerz in ihrem Herzen verspürte. Dann wurde mit einem Schlag alles um sie herum still. Nora spürte plötzlich auch keine Schmerzen mehr. Sie war darüber sehr froh, ja erleichtert, sie fühlte sich nun sogar sehr gut. Keine Erschöpfung, keine Schmerzen mehr. Ihre Lebensenergie schien zurückgekehrt. Nora wollte dem Pflegepersonal sagen, dass sie sich sehr gut fühle, dass sie keine Schmerzen mehr habe. Sie könnten aufhören, so hektisch an ihr zu agieren. Doch sie reagierten nicht. Sie nahmen von Noras Worten keine Notiz. Nora war verwundert. Es ging ihr doch gut. Warum hörten sie nicht auf sie? Dann wurde Nora bewusst, sie konnten sie nicht hören. Egal, was sie versuchte, das Krankenhauspersonal konnte Nora nicht hören. Nora wurde in diesem Moment sehr mulmig zumute. Sie spürte, dass etwas nicht stimmte. Sie blickte angespannt umher. Sie sah, wie die Ärzte um ihr Leben kämpften, und das war noch nicht alles … Nora sah sich selbst … von oben. Sie schwebte etwas oberhalb ihres eigenen Körpers. Als ob sie an der Decke war und zu sich selbst hinunterblickte. Jetzt hatte sie große Angst.

Was ist nur los mit mir? Ich bin schon wieder außerhalb meines Körpers! Aber damals hatte ich dabei Wärme gespürt, dieses Mal ist es anders. Ich bin allein, wie es scheint. Leere macht sich in mir breit … und ich fühle eine Traurigkeit. Wo bin ich hier? Niemand kann mich sehen oder hören, aber ich bin doch noch hier. Ich sehe mich selbst von oben. Ich schwebe an der Decke der Koje und sehe, wie die Ärzte versuchen, mich wiederzubeleben. Ich kann es genau sehen. Aber ich spüre nichts dabei. Eigenartige Situation. Zwar bin ich froh, im Moment keine Schmerzen oder Leid zu erfahren, aber so im Nichts oder Zwischenraum zu schweben ist sehr merkwürdig für mich. Meine beiden früheren Erfahrungen waren anders abge-

laufen. Und wo ist der Schatten abgeblieben? Ich sehe ihn nicht mehr an der Wand, wo er gerade noch war.

Nora sah sich hektisch um. Doch sie konnte den Schatten nicht sehen.

In ihren Gedanken wandte sie sich an ihn: *Wo bist du? Ich kann spüren, dass du in der Nähe bist. Woher kann ich das? Wer bist du? Ich spüre deine machtvolle Ausstrahlung, du ziehst mich auf eine seltsame, aber sehr starke Art an. Ich merke, ich kann mich nicht dagegen wehren. Ich kann dich jetzt aber nicht mehr sehen. Wo bist du nur? Sag etwas, bitte!*

Nichts geschah.

Plötzlich bemerkte Nora den Anstieg einer seltsamen fremden Energie.

Ich bin hier!

Nora zuckte zusammen. Sie vernahm eine hallende und heftige Stimme. Nora bekam Panik. Denn nun wusste sie mit Sicherheit … sie war nicht allein! Sie bildete sich das alles nicht ein. Ihre Erlebnisse waren real. Doch diese hallende und etwas verzerrte Stimme flößte ihr Respekt und Angst ein. Nora zögerte, schließlich drehte sie sich in die Richtung, in der sie die Stimme vermutete.

Nora erschrak. Sie sah einen großen schwarzen Schatten an der Wand, der lebendig schien und ständig in Bewegung. Sein Körper, falls es einer war, glich einer dunklen Rauchwolke mit großen Flügeln. Das Gesicht, wenn es eines gab, stellte sich für Nora wie ein schwarzes Loch dar, in dem sich eine dunkle Masse bewegte.

»Ich … ich habe … Angst! Ich habe große Angst vor dir!«, stotterte Nora bei dem Anblick vor sich hin. »Ich spüre deine Anziehungskraft. Wer bist du? Bist du böse? Willst du mir Böses antun?«

Ich bin, wer ich bin. Weder gut noch böse. Das ist nur eine Einteilung von euch Menschen.

Diese hallende Stimme machte Nora ganz nervös. »Ich bin Nora. Welchen Namen hast du?«, fragte sie zögerlich und ängstlich.

Nach einem kurzen Moment kam die Antwort.

Ich habe viele Namen. Die Menschen gaben mir viele Namen. Aber sie sind nicht wichtig.

Nora stellte weiterhin vorsichtig Fragen: »Was willst du von mir? Bist du gekommen, mich zu holen?«

Wieder kam erst nach einer Weile die Antwort.

Ja.

»Warum willst du mich holen?«

Du bist an der Grenze.

»An der Grenze? Die Grenze zwischen Leben und Tod?«

So ist es.

»Wohin bringst du mich?«

Nach Hause.

Nora kam aus dem Staunen nicht mehr heraus. Neugierig, wie sie war, wollte sie unbedingt auf alles eine Antwort finden … und das am liebsten gleichzeitig. Doch ein anderer Umstand verlangte jetzt ihre ungeteilte Aufmerksamkeit.

Sie sprach fast besorgt: »Ich kann dich jetzt besser sehen. Deine Gestalt hat sich verändert.«

Ja, so ist es. Aber es kommt dir nur so vor. Ich bin, wie ich bin.

»Wie meinst du das? Und wieso kann ich dich nun besser verstehen …? Ich höre dich viel klarer.«

Das bringt der Übergang so mit sich.

»Übergang? Du meinst, ich überschreite gerade die Grenze?«

Ja.

Nora empfand ein seltsames Gefühl in sich. Sie konnte es nicht recht beschreiben, aber sie fühlte sich fast wie in zwei Teile zerrissen. Nora spürte, wie sie noch an ihrem menschlichen Körper gebunden war, doch plötzlich ließ dieses Gefühl nach. Es war sehr eigenartig für Nora. Denn die Anziehungskraft, die dieser Schatten auf sie ausübte, war um ein Vielfaches größer.

Das ist so üblich.

»Was meinst du?«, fragte Nora verwundert.

Deine Gefühle.

»Du kannst sie wahrnehmen?«

Ja.

Nora spürte auch in dieser Phase, dass das noch nicht alles war. Sie wurde überrannt von ihren Gefühlen.

Ja.

»Was meinst du mit … ja?«

Ja ist die Antwort auf deine Frage.

»Ich habe doch gar keine Frage gestellt.«

Aber du hast sie gedacht.

»Heißt das, du kannst Gedanken lesen?«

Ich fühle ... genau wie du in diesem Moment. Du kannst die Umgebung jetzt anders wahrnehmen ... nicht wahr?

Nora überlegte. Sie richtete ihre Aufmerksamkeit nun zur Gänze auf ihre Gefühle.

»Ja, stimmt. Alles sieht ganz anders aus. Es ist sehr schwer zu beschreiben, was in mir gerade vorgeht.« Nora sah zu dem Schatten. »Ich fühle mich dir sehr verbunden.«

Ja, ich weiß. Ich kann dich vollkommen wahrnehmen. Ich weiß alles von dir ... was in dir vorgeht oder was du gerade durchmachst. Ich kenne alle deine Fragen, bevor du sie stellst.

Nora war ängstlich und sehr überrascht, aber sie wusste nur allzu gut ... der Schatten hatte vollkommen recht. Woher sie das allerdings wusste, blieb ihr verborgen. Sie spürte nur die enorm große Anziehungskraft dieses Schattens.

»Ich hätte gern etwas gewusst, was mir Kopfzerbrechen bereitet. Ich hatte schon zweimal höchst seltsame Erfahrungen in meinem Leben erdulden müssen. Ich verstehe bis heute nicht genau, was damals passiert ist. Aber ich spürte eine Anwesenheit ... eine fremde Anwesenheit. Ich möchte nur wissen ... bist du es gewesen? Warst du es, der damals bei mir war? In dieser besagten Nacht, als ich dieses Licht auf mich zukommen sah und mich ein Rauschen umhüllte. Oder auch beim Autounfall, als ich mich selbst von außen sah, als ich langsam davonschwebte und schließlich eine mir so vertraute Energie verspürte. Warst du es?«

Nach einem Zögern kam die Antwort.

Ja. Ich bin es gewesen. Ich war bei dir.

»Danke. Aber gerade bei dem Autounfall spürte ich eine so große Barmherzigkeit und Wärme und auch Geborgenheit. Eine so große Vertrautheit. Die kann ich jetzt nicht so wahrnehmen. Wieso ist es jetzt anders?«

Die Situation ist eine andere. Ich bin nicht immer in einer Gestalt zu sehen oder wahrzunehmen. Ich bin von Gefühlen abhängig ... von deinen Gefühlen. Nur so kannst du mich wahrnehmen, und daher habe ich viele Gestalten. Es liegt an dir.

»Aber warum bist du so schwarz? Warum ist es so völlig anders?«

Du bist zwar an der Grenze, aber damals warst du schon ein ganzes Stück weiter. Du hattest mehr von mir gefühlt.

»Heißt das, ich bin noch nicht so weit wie damals? Kann ich auch jetzt wieder zurück? Oder nimmst du mich nun mit?«

Die Antwort kam zögerlich.

Du bist zwar an der Grenze, aber du hast doch Zweifel in dir. Ich kann es fühlen. Du bist dir nicht im Klaren, ob dein menschliches Leben wirklich jetzt vorbei sein wird.

Der Schatten hatte sie durchschaut. Nora dachte an ihre Eltern. Sie wollte ihnen in keiner Weise wehtun. Aber sie wollte auch ihr eigenes Leid beenden, daher hatte sie sich selbst aufgegeben.

Genau so ist es. Du hast dein menschliches Leben aufgegeben. Dabei bist du dir nicht im Klaren, ob das auch richtig ist. Ein Leben, welches es auch sei, ist besonders wertvoll. Jedes Leben ist das. Daher zweifelst du an dir ... weil du es vielleicht achtlos aufgibst.

»Aber ich wollte doch nur meine Schmerzen, mein Leid loswerden. Sie zermürbten mich ... Ich wollte nur ein Ende.«

Aber du weißt tief in dir drinnen, es war nicht ganz richtig, einfach loszulassen. Tief in dir drinnen fühlst du eine Kraft, die dich nicht so ohne Weiteres mit mir mitgehen lassen möchte. Stimmt's?

»Ja, du hast recht.«

Deshalb siehst du mich auch als schwarzen Schatten. Deine Zweifel lassen mich dir so erscheinen.

»Weshalb kann ich dich jetzt besser sehen? Ich erkenne dich immer klarer ... und ich kann dich sehr gut hören ... ohne Hall.«

Je länger du bei mir bist, desto besser kannst du mich wahrnehmen. Ich erscheine dir erst in meiner ganzen, wahren Gestalt, wenn du tatsächlich mit mir kommst. Wenn wir nach Hause gehen ... ganz nach Hause.

»Ich bin also noch nicht ganz tot?«

*Es gibt noch einen Zeitpunkt, an dem du gerettet werden kannst. Dein menschliches Leben ist noch nicht vorbei, die Ärzte kämpfen um dein Leben. Sie können dich noch retten. Aber es gelingt nur, wenn du es auch möchtest. Wenn du es **wirklich** möchtest.*

»Wie meinst du das? Ich verstehe nicht.«

Sieh her!

Der Boden tat sich unter Nora auf. Als sie hinabblickte, war sie überrascht. Sie hatte nicht bemerkt, dass der Schatten und sie sich ein großes Stück vom Krankenbett und somit von ihrem eigenen Körper entfernt hatten. Sie waren in die Höhe aufgestiegen. Sie sah gespannt, wie die Ärzte versuchten, ihren Körper wiederzubeleben. Plötzlich schwebte Nora langsam auf sich selbst zu. Sie war knapp über ihrem Körper. Sie konnte alles hören, was die Ärzte und Krankenpflegerinnen sagten. Auf einmal fühlte Nora einen tiefen Schmerz. Er kam von draußen. Von außerhalb der Krankenstation. Sie empfand augenblicklich tiefste Trauer. Sie konnte ihre Eltern vor der Station wahrnehmen. Sie hörte sie weinen. Schlagartig, als sie an ihre Eltern dachte, war sie auch schon bei ihnen. Sie konnten Nora aber nicht bemerken, nur Nora konnte sie sehen und auch ihre Gefühle spüren. Sie empfanden sehr große Trauer. Als Nora ihre Eltern so sah, zerriss es ihr das Herz. Sie wollte ihnen sagen, dass sie doch hier sei und es ihr gut gehe. Aber sie konnte sich nicht bemerkbar machen, es war vergebens. Nora wurde sehr traurig.

Du musst dich entscheiden. Das Zeitfenster schließt sich bald.

Als Nora das hörte, zog ein mächtiger Sog sie nach oben. Nora war wieder bei dem Schatten.

»Wie meint du das?«

Du musst dich entscheiden … ob du mit mir kommen willst oder ob du wieder zurück in dein menschliches Leben willst. Es wäre noch möglich, aber du musst dich jetzt entscheiden.

Nora überlegte angestrengt. Sie wollte ihre Eltern nicht in dem großen Schmerz zurücklassen. Sie wollte ihnen sagen, dass es ihr doch gut gehe. Aber es war ihr so nicht möglich. Nur, ihr Leiden wollte sie auch nicht mehr. Nora hatte erfahren, dass es noch sehr viel mehr gab. Der Tod war nicht das Ende. Doch das nun zu wissen und ihre Gefühle beim Übergang, das zusammen war für Nora überwältigend. Sie stand vor einer sehr schweren Entscheidung.

Loszulassen ist nicht einfach, nicht wahr? Das Leben ist so wertvoll, da fällt einem die Entscheidung nicht leicht. Besonders, wenn man drauf und dran ist, sich selbst aufzugeben. Du spürst tief in dir drinnen, dass das nicht richtig ist. Stimmt's? Das ist der Überlebensinstinkt. Er ist sehr stark. Du hast die Grenze zu einem anderen Leben fast überschritten. Es bleibt dir nur noch sehr wenig Zeit. Wenn du zurückmöchtest, musst du es jetzt sagen.

Nora überlegte angestrengt. Sie wollte keinen Fehler begehen.

»Ich … ich weiß nicht … Kann ich … mich verabschieden? Ich meine … ach, ich weiß nicht …«

Ich kann dich gut verstehen. Ich weiß alles, was in dir vorgeht. Ich fühle dich zur Gänze in mir. Aber dein Zeitfenster schließt sich. Du musst jetzt entscheiden … Ansonsten ist dein menschliches Leben vorbei, und ich nehme dich mit. Höre auf dein Herz. Was sagt es dir?

Nora sagte in dem Moment der höchsten Anstrengung: »Ich möchte meine Eltern von ihrem Leid erlösen.«

So soll es geschehen. Ich wusste, dass du noch nicht so weit bist. Aber bedenke, du musst dich sehr anstrengen, um wieder ein aufrichtiges und erfülltes menschliches Leben führen zu können.

»Ja, ich weiß, meine Schmerzen oder Leiden werden wiederkommen. Aber ich möchte meine Eltern nicht in diesem großen Leid zurücklassen. Werde ich dich wiedersehen? Kann ich mich an dich erinnern, wenn ich wieder aufgewacht bin?«

Du hast mich gesehen, weil du an der Grenze warst. Du bist sehr knapp an der Grenze zwischen Leben und Tod gewesen. Inzwischen

schon drei Mal. Von nun an bist du eine Grenzgängerin. Das ver-
ändert im Normalfall die Menschen. Sie denken anders, ihr Hori-
zont hat sich erweitert. Wie wirst du damit umgehen?

»Ich behalte es für mich«, kam es von Nora wie aus der
Pistole geschossen.

Ja, ich weiß. Ich kann es an dir fühlen. Du bist etwas Besonderes.
Du hast vieles in deinem Leben durchmachen müssen, aber vergiss
*nicht: **Es hat dich auch reifen lassen.** Der Tod ist nicht das Ende,*
das weißt du nun. Es ist mehr der Beginn zu einem Neuanfang.
Doch nun ist es so weit. Du musst gehen.

»Warte! Werde ich dich weiterhin sehen können?«

Hab keine Angst. Die Dinge nehmen ihren Lauf. Die Gesetze des
Universums kann niemand umgehen ... und vor allem nicht die
Menschen. Eines noch ... ich habe eine Information für dich, die
deinem irdischen Weg etwas Hoffnung geben wird. Dein Tumor ist
besiegt.

Doch Nora konnte sich nicht mehr über diese Nachricht
freuen, denn sie spürte, wie ein mächtiger Sog sie nach unten
zog. Sie taumelte wie wild, und dabei hatte sie das Gefühl, als
ob sie im freien Fall wäre. Ihr war nun kalt geworden, und
diese starke Anziehungskraft des Schattens war weg.

Plötzlich spürte Nora einen Schlag durch ihren Körper gehen. Sie zuckte und schnaufte kräftig.

»Na also! Wir haben sie wieder! Gott sei Dank! Willkommen zurück! Wie fühlen Sie sich? Haben Sie Schmerzen?«,
sagte ein Arzt, der gerade den Defibrillator von Nora nahm.

Nora hörte zwar Stimmen, aber sie tat sich schwer, sie richtig zuzuordnen. Sie war sehr benommen. Als sie mehrfach

mit den Augen blinzelte, konnte sie allmählich sehen, wo sie war. Sie lag wieder in ihrem Krankenbett.

16. Kapitel »Retter in Not«

Nora wurde sehr gut versorgt. Die Ärzte und das Pflegepersonal wuselten nur so um sie herum. Nora konnte nicht glauben, wo ihr überall Leitungen und Kabeln angebracht wurden. Ihr reichte es nun schon mit dem Gedränge. Sie war noch nicht richtig bei Bewusstsein. Der rasche Rückzug in ihren Körper war ihr noch zu viel. Nora verlor immer wieder kurz das Bewusstsein. Sporadisch stammelte sie ein paar Worte, die für das Pflegepersonal keinen Sinn ergaben.

»Schatten ... Grenze ... Wo bin ich ...? Was ist ...?«

Ein Arzt meinte dazu nur: »Sie ist noch verwirrt. Sie braucht jetzt viel Ruhe. Es war sehr knapp.«

Er hantierte an Noras Leitungen, dann gab er einer Pflegerin die Anweisung: »Geben Sie ihr die zwei Infusionen im Anschluss, wenn die hier leer ist.«

Nora war hin- und hergerissen. Sie spürte, wie sie im Bett lag und die Pflegerin die Infusionen anbrachte, und dennoch war sie in ihren Gedanken ganz woanders ... Sie war noch bei dem Schatten. Für Nora war dieser Zustand sehr verwirrend und anstrengend.

Plötzlich nahm sie wahr, wie jemand ihre Hand hielt. Die Stimmen dazu kamen ihr sehr bekannt vor. Es waren ihre Eltern. Sie durften nun zu Nora ans Bett. Sie freuten sich so sehr, denn sie hatten schon gedacht, sie hätten Nora für immer verloren. Doch jetzt hielten sie ihre Hand, und Nora war am Leben. Dieses Glücksgefühl konnte Nora sehr gut spüren. Sie weinte. Da sie jetzt aber so schwach war, schlief sie sanft ein, denn dieses Mal ließ sie los, weil sie in vertrauter Gesellschaft war.

Nora schlief sehr lange. Ein neuer Tag brach an. Ihre Eltern waren noch nicht wieder anwesend. Nora blickte sich neugierig um. Sie sah, wie das Krankenhauspersonal seiner Arbeit nachging. Ein leises Piepsen hörte sie hinter sich, es war einer der vielen Monitore, die an der Wand angebracht waren. Nora fühlte sich schwach, aber sie war fest entschlossen, wieder in ihr altes Leben zurückzukehren. Sie hatte wieder Hoffnung in sich, wollte wieder zu Kräften kommen.

Da betrat ein Arzt ihre Koje. Er kam ganz nah an Nora heran und sagte: »Schön, dass Sie wach sind. Ich möchte Ihnen eine wichtige Nachricht überbringen. Sie wird Sie sicherlich freuen und Ihnen auf Ihrem Weg zur Genesung helfen. Ich habe das Ergebnis Ihrer letzten Untersuchung vorliegen. Und es ist sehr erfreulich. Die Untersuchung hat ergeben, dass Sie keinen neuen Tumor in Ihrem Körper haben, und der alte ist sehr klein geworden. Er weist keine Aktivität mehr auf. Der Übeltäter ist besiegt. Sie werden wieder gesund. Ich denke, diese Nachricht wird Ihnen helfen, wieder auf die Beine zu kommen, und daher wollte ich sie sofort überbringen. Was sagen Sie dazu? Der Tiefpunkt ist überwunden, Sie können wieder Kräfte sammeln und mit Zuversicht nach vorn sehen.«

Nora lächelte und sagte: »Ja, danke. Ich freue mich sehr.«

Dabei ließ sie an ihrem Gesichtsausdruck erkennen, wie sehr sie erleichtert war.

»Sehr gut. Ruhen Sie sich nun weiterhin aus. Wir werden Sie schon wieder gesund bekommen, nur Geduld.«

Daraufhin verließ der Arzt Noras Koje.

Nora freute sich über die gute Nachricht, aber sie hatte es schon gewusst. Sie dachte an den Schatten. Er hatte ihr versichert, dass der Tumor besiegt sei. Diese Selbstsicherheit konnte Nora in sich fühlen. Sie musste sehr oft an den Schatten denken. Ständig sah sie sich um, aber sie konnte ihn nicht mehr sehen. Sie hörte oder spürte ihn auch nicht mehr. Er schien weg zu sein.

Für die nächste Zeit wollte sich Nora ganz auf das Gesundwerden konzentrieren. Sie war noch sehr erschöpft, deshalb ruhte sie sich oft in ihrem Bett aus. Sie nahm sich die Zeit, die notwendig war, und war angesichts ihrer Situation sehr gelassen. Nora hatte ihre innere Ruhe wiedergefunden.

Nun waren schon mehrere Tage vergangen, und Nora kam immer mehr zu Kräften. Ihr Lebenswille war zurückgekehrt. Die Medikamente wurden sukzessive herabgesetzt, und Nora wurde von der Intensiv- auf eine allgemeine Krankenstation verlegt. Eine strenge Überwachung war nicht mehr erforderlich. Nora freute sich, weil sie nicht mehr so viele Medikamente verabreicht bekam. Sie hatte wieder einen Schritt zur weiteren Genesung erreicht. Ihre Eltern und engsten Freunde konnten nun auch öfter bei ihr sein, denn hier herrschten nicht so strenge Besuchszeiten wie auf der Intensivstation.

Noras Lebensfreude wurde mit jedem Tag größer, und ihr Umfeld registrierte das mit großer Freude.

Doch eines hatte Nora für sich behalten. Sie sprach mit absolut niemandem darüber. Ihr Erlebnis mit dem Schatten. Sie dachte sehr oft an ihn, aber sie erwähnte ihn nicht mit einer einzigen Silbe. Diese Erfahrung war in ihrem Gedächtnis tief eingeprägt, aber sie wollte es unter allen Umständen für sich behalten. Es vergingen noch ein paar Tage, und weil sich Nora sehr gut erholte, konnte sie das Krankenhaus verlassen. Sie freute sich sehr auf ihr Zuhause; das war ein weiteres Zeichen ihres wachsenden Wohlbefindens. Besonders freute sich Nora auf ihr eigenes, großes Bett. Sie wollte kein Krankenhausbett mehr sehen.

Ihre Eltern versorgten Nora in den nächsten Tagen. Sie freuten sich sehr über ihren neuen Lebensmut. Und auch ihre engsten Freunde freuten sich; sie waren alle froh, Nora zu Hause besuchen zu können. Die Besuche waren anfangs noch anstrengend für Nora, aber sie wurde mit jedem Tag kräftiger. Nach einer gewissen Zeit pendelte sich wieder ein normaler Alltag ein. Nora konnte öfter aufstehen und sogar kleine Waldspaziergänge unternehmen. Sie kräftigten ihre Beinmuskulatur, und die frische Waldluft tat ihr gut. So verbrachte sie einige Wochen damit, sich mit Lebensenergie aufzutanken. Nora bewältigte diese Zeit des Aufbauens mit Bravour. Sie merkte den Fortschritt, mit dem stetig auch ihre Lebensfreude wuchs. Besonders freute sich Nora, als nach Monaten wieder ein Flaum auf ihrem Kopf zu erkennen war. Es dauerte noch einige Tage, bis ihr tatsächlich wieder Haare wuchsen. Und besonders freute sich Nora, dass ihre Haare genau in der Farbe und Form nachwuchsen, wie sie sie vorher gehabt hatte. Es waren keine überraschenden Nebenwirkungen aufgetreten, auf die sie der Oberarzt vorbereitet hatte. Mittlerweile waren mehrere Monate vergangen, und Nora hatte nun einen niedlichen Pagenschnitt. Sie war sogar wieder zum ersten Mal beim Friseur gewesen nach der ganzen Misere. Nora musste immerzu lächeln, als ihre Friseurin ihre frisch nachgewachsenen Haare schnitt. Sie empfand viel Freude an ihren neuen Haaren. Ihre Frisur gefiel ihr.

Nora machte einen Spaziergang durch einen nahe gelegenen Park. Sie war nun wieder so fit geworden, dass sie ihren Alltag meistern konnte. Nur für Sport oder ähnliche Anstrengungen fehlte ihr noch die Kraft. Nach all der Zeit, die vergangen war, dachte Nora aber noch immer an ihre außergewöhnlichen Erlebnisse. Sie musste jeden Tag daran denken, sie waren so tief in ihr verankert. Sie sprach weiterhin mit niemandem darüber, aber oft dachte sie, auch sinngemäß, an die Worte des Schattens. *Jedes Leben ist sehr kostbar! Kein achtloses Aufgeben!*

Nora musste auch immer wieder an den schmerzhaften Moment denken, als sie ihre Eltern weinen sah. *Der große Schmerz, der den Hinterbliebenen durch Mark und Bein geht. Ich sah meine Eltern weinen, und ich konnte ihren Schmerz und ihre Trauer spüren. Ich fühlte es tief in mir, als ob es meine eigene Trauer, mein eigener Schmerz gewesen wäre. Ich empfand diese Situation als sehr schlimm. Das möchte ich meinen Eltern nicht antun, ich möchte sie nie wieder meinetwegen so weinen sehen!*

Nora versuchte ihre Gedanken wieder zu sortieren. Sie spazierte eine Straße entlang, bei der auf der linken Seite ein paar Reihenhäuser standen und auf der rechten Seite ein schöner Park an die Straße grenzte.

Es wurde allmählich Abend, und die Laternen entlang der Straße gingen an. Nora wollte noch ein Stück die Straße hinauf und anschließend durch den Park. Sie ging diese Runde mittlerweile ungefähr dreimal die Woche. Nora mochte die Abwechslung: Einerseits die Stadt und andererseits ein paar Schritte weiter die Natur, die sie so sehr mochte. Ihre Kräfte waren, nach der doch relativ langen Erholungszeit, wieder sehr zufriedenstellend. Sie fühlte sich sehr gut.

Das Tageslicht wich der hereinbrechenden Nacht. Nora ging immer bis zu einem sechsstöckigen gelben Reihenhaus, dann bog sie in den Park ab. Auch dieses Mal wollte sie diesen Weg nehmen. Das Haus lag noch ein ganzes Stück vor ihr. Sie war wieder in Gedanken. *Die lang gezogene Kurve noch, und dann kann ich das Haus schon sehen. Heute bin ich etwas später dran, deshalb wird es schon finster. Die dicht wachsenden Bäume entlang der Straße sind sehr schön. Die Laternen geben ihr eine märchenhafte Stimmung. Ich mag es, hier entlangzugehen.*

Als Nora ihren Gedanken nachhing, bemerkte sie, dass heute etwas anders war als an ihren sonstigen Spaziergängen. Sie war noch nicht um die Kurve, die Baumkronen verdeckten noch die Sicht. Aber Nora konnte plötzlich Lärm hören. Es waren laute hektische Stimmen zu hören und auch Sirenen. Nora war bewusst, dass in der Nähe etwas passiert sein musste. Das Sirenengeheul kam näher. Es übertönte die lauten Stimmen. Nora beeilte sich. Als sie fast um die Kurve war, konnte sie ein rötlich schimmerndes Licht sehen.

»Auweia … sollte das wirklich …?«, murmelte Nora bestürzt vor sich hin.

Jetzt war sie um die Kurve, und sie blieb entsetzt stehen. Sie sah, wie sich viele Menschen hektisch um das Reihenhaus bewegten, bei dem Nora immer in den Park ging. Es stand in Flammen. Nora hatte noch nie ein so großes Feuer gesehen. Es prasselte und zischte. Es roch verbrannt. Trotz der Dunkelheit konnte Nora die vielen Einsatzkräfte erkennen. Die Straßenlaternen und die Scheinwerfer der Einsatzwagen leuchteten dieses Stück der Straße sehr gut aus. Dazu das Feuer, das in den oberen Stockwerken aus den Fenstern loderte. Nora war schockiert. Sie sah, wie weitere Feuerwehr-, Polizei- und Rettungswagen mit lautem Geheul ankamen. Viele Schaulustige hatten sich schon versammelt. Einige Feuerwehrleute brachten offensichtlich die Hausbewohner in Sicherheit. Nora ging näher heran. Sie stand nun an einer Absperrung mit mehreren Menschen, die die Polizei eingerichtet hatte. Noras Herz schlug wie wild, sie erkannte die Gefahr. Das Haus stand dicht neben den anderen Reihenhäusern. Die Feuerwehr versuchte die umgrenzenden Gebäude zu schützen. Viele Löschfahrzeuge sprühten Löschschaum auf das Feuer und die angrenzenden Häuser. Mit langen Leitern und auch am Boden versuchten die Feuerwehrleute alles, um den Brand in den Griff zu bekommen und ein Ausbreiten der Flammen zu verhindern. Doch es gestaltete sich schwierig, denn die Flammen hatten schon den ganzen Dachstuhl erfasst. Aus den Fenstern der oberen drei Stockwerke züngelten sie bereits weit ins Freie. Da hörte Nora einen lauten Knall. Einige Feuerwehrleute zogen sich rasch zurück. Die Flammen breiteten sich schlagartig aus. Nora hörte Schreie: »Das sind Gasexplosionen! Das Haus hat eine Gasheizung!«

Immer wieder knallte es, und dabei flogen Trümmer durch die Luft. Die Gasheizung war wahrscheinlich defekt und hatte den Brand verursacht. Nora konnte an der Absperrung diese Informationen durch das Funkgerät hören, das ein Polizist bei sich trug. Immer mehr Einsatzfahrzeuge kamen an; wohin Nora auch sah, erblickte sie Feuerwehr-, Rettungs- und Polizeifahrzeuge, so viele hatte sie noch nie gesehen. Der Nachthimmel war hell erleuchtet, er schimmerte gelbrot durch die Flammen. Nora war sehr besorgt. So ein großes brennendes Haus flößte ihr Angst ein. Sie dachte an die Leute, die hier wohnten, und ob sie sich rechtzeitig hatten retten können. Da sah Nora, wie Feuerwehrleute mit ihren langen Leitern doch noch Menschen aus den unteren Fenstern ins Freie brachten.

O nein!, war ihr Gedanke dabei.

Noras Blick schweifte an den vielen Fahrzeugen entlang. Die Einsatzkräfte halfen vielen Menschen, versorgten sie mit Decken, Sauerstoff und Medikamenten. Die Bewohner waren wohl von dem Feuer überrascht worden. Eine Person fiel Nora dabei besonders auf. Es war eine Frau, die sehr aufgebracht war. Sie konnte sich überhaupt nicht beruhigen. Ein Feuerwehrmann half der Notärztin, sie festzuhalten, weil diese aufgebrachte Frau immer wieder versuchte, in Richtung des Hauseingangs zu laufen. Sie schrie laut und verzweifelt. Nora ging weiter heran, weil sie wissen wollte, warum diese Frau so in Panik war. Schließlich blieb sie entsetzt stehen. Sie konnte jetzt hören, was diese Frau immer wieder schrie: »Mein Baby! Mein Baby ...! Mein Baby ist noch da drinnen!«

Wie kann das sein?, dachte Nora. Das ist ja schrecklich! Die Feuerwehrleute kommen nicht mehr hinein, müssen sich sogar zurückziehen, das Feuer breitet sich trotz der Löschversuche weiter aus. Und die Hitze ist enorm. Ich kann sie bis hierher spüren.

Plötzlich schrien die Feuerwehrmänner und liefen vom brennenden Haus weg. Teile der Fassade stürzten ein. Krachend stürzten die brennenden Teile auf den Boden. Manche Löschfahrzeuge änderten daraufhin ihre Position, um die Flammen besser eindämmen zu können.

Nora konnte nun diese aufgebrachte Frau sehr gut verstehen. Sie hörte, wie sie der Notärztin schilderte, wie sie ihr Baby verloren hatte. Anscheinend hatte es geschlafen, und die Frau war mit der Nachbarin zusammen gewesen. Das Baby war im Kinderzimmer am hinteren Ende der Wohnung. Ein Teil der Decke war eingestürzt und hatte die Frau und die Nachbarin getroffen. Als sie wieder zu sich kam, wurde sie von einem Feuerwehrmann aus dem Haus getragen. Sie wollte sich wehren und bekanntgeben, dass ihr Baby noch im Haus sei. Doch der Feuerwehrmann konnte sie nicht verstehen im Tumult. Er brachte sie ins Freie, wo sie von der Ärztin erstversorgt wurde. Die Versuche der Frau, ihr Baby zu retten, waren vergebens. Die Feuerwehrleute hatten zwar nun verstanden, aber sie sagten, es sei zu gefährlich, in das brennende Haus zu gehen. Es war höchst einsturzgefährdet. Niemand durfte mehr hinein. Bei dieser Nachricht brach diese Frau verzweifelt zusammen.

Nora war bestürzt. Sie sah zu dem Haus. Es stand nun schon fast vollständig in Brand. Immer wieder knallte es, es gab mehrere Explosionen. Die Gasleitung leckte, und bei Kontakt mit den Flammen krachte es. Die Polizei erweiterte die Absperrung, weil immer mehr Trümmer durch die Luft flogen. Auch Nora musste ihren Standort wechseln. Bevor sie weiterging, hörte sie noch, wie die Notärztin die Frau fragte, in welchem Stockwerk sie wohnte. Sie gab weinend zur Antwort: Im vierten.

Nora ging ein paar Schritte weiter. Sie musste immer an das Baby denken. Nora hatte den entsetzten Gesichtsausdruck der Notärztin und der Feuerwehrleute gesehen, als sie erfuhren, dass sich noch ein Baby im Haus befand. Sie konnten aber nichts tun, sie kamen nicht mehr ins Haus.

Nora dachte wieder an die Grenze zwischen Leben und Tod. *Ach, wie schrecklich! Wie kann so etwas nur passieren? Das arme Baby ... und die arme Frau! Die Einsatzkräfte tun alles, aber es ist nicht genug. Den helfenden Menschen sind hier Grenzen gesetzt. Die Grenze zwischen Leben und Tod, sie ist so nah!*

Nora musste wegen der Erweiterung der Absperrung ein Stück zurückweichen. Beim Gehen dachte sie an den Schatten. Seit ihrer Rückkehr in ihren Körper hatte sie ihn nicht mehr wahrgenommen. Sie klammerte sich an den Gedanken, dass er als Einziger in der Lage wäre, das Baby zu retten. *Aber ob die Gesetze des Universums dies nicht verhindern ... oder ließen sie es doch zu? Der Schatten hat damals zu mir gesagt: „Die Gesetze des Universums kann niemand umgehen … und vor allem nicht die Menschen." Die Menschen begreifen demnach die Gesetze des Universums nicht einmal annähernd. Aber dieses kleine Baby, es war doch unschuldig. Wie kann man das verstehen, wenn es in diesem brennenden Haus umkommen sollte? Ich kann es jedenfalls nicht. Gib mir nur ein Zeichen. Gib mir ein Zeichen, dass du da bist. Ich weiß, auch wenn ich dich nicht wahrnehmen kann, du bist womöglich in der Nähe. Bitte zeig dich mir! Bitte hilf dem Baby!*

Nora wartete auf eine Reaktion. Es geschah nichts. Sie wurde sehr traurig. Nora sah, wie die Feuerwehrleute kämpften. Sie taten alles, was sie nur konnten. Doch die Flammen waren zu stark. Die Löscharbeiten wurden nun so ausgerichtet, dass die Flammen die umliegenden Häuser nicht erreichen konnten. Nora lief eine Träne über die Wange. Sie vernahm alles wie in Zeitlupe. Nora war nur ein kleines Stück vom Geschehen entfernt. Eine weitere Explosion erschütterte die Umgebung. Teile vom Seiteneingang des brennenden Hauses stürzten zu Boden. Diese Ecke war von allen Beteiligten am wenigsten einsehbar. Ein Löschzug hielt die angrenzenden Mauern feucht, damit sich die Flammen nicht bis hierhin ausbreiten konnten. Ihr flackernder Schein war deutlich am hinteren Ende des Gebäudes zu sehen. Nora sah, wie die letzten Feuerwehrmänner entlang der Straße ihr den Rücken zukehrten. Sie waren ständig in Bewegung, weil die Flammen sich mit dem Wind drehten. In dem Moment sah Nora zum Hintereingang. Sie dachte wieder sehr intensiv an den Schatten. *Bitte … wenn es nur irgendeine Möglichkeit gibt, das Baby zu retten ... gib mir ein Zeichen! Ich bitte dich inständig darum!* Nora flehte schon in ihren Gedanken. Sie beobachtete gespannt, ob etwas passieren würde. Es tat sich aber nichts.

Wieder krachte es laut. Im oberen Geschoss explodierte ein weiteres Leck der Gasleitung. Teile fielen vom brennenden Dach. Sie trafen den hinteren Eingang. Er wurde verschüttet. Die Feuerwehrleute, die dort standen, löschten die Flammen. Doch schon erschütterte die nächste Explosion die Umgebung. So mussten die Einsatzkräfte nachrücken und entfernten sich etwas von Nora. Nora sah sich die hintere Ecke des Hauses genauer an. Die Flammen erhellten sie immer wieder. Durch das flackernde Licht konnte Nora plötzlich etwas erkennen. Es war ihr sehr vertraut. Sie sah einen huschenden Schatten. *Konnte das sein? War er es? Oder täuschen mich meine Sinne? Gaukeln mir die Flammen etwas vor? Nein ... ich muss es wissen! Ich möchte es glauben! Bist du es? Bitte sag es mir! Hilfst du mir mit dem Baby?*

Nora sah einen Hoffnungsschimmer. Sie erblickte so etwas wie einen schwarzen Flügel an der Wand zum hinteren, teilweise eingestürzten Eingang.

»Danke!«, sagte sie erleichtert.

Danach war der Schatten mit einem Mal verschwunden. Er hinterließ aber einen Eindruck bei Nora. Er war einen kurzen Moment an einer bestimmten Stelle stehen geblieben und dann auf sie zugekommen, bevor er verschwand. Nora wartete kurz, und plötzlich gab es eine weitere Explosion. Sie zuckte zusammen vor Schreck. Als sie die Augen wieder öffnete, war sie verblüfft. Genau an der Stelle, an der der Schatten kurz verharrt hatte, war nun eine kleine Öffnung. Sie war so groß, dass Nora hindurchpasste. Dahinter konnte sie Stufen einer Treppe erkennen. Nora sah sich um, die Ecke war nahezu unbewacht. Die wenigen Männer, die in der Nähe am Löschen waren, waren etwas außer Reichweite dieser Ecke. Nora überlegte nicht lange. Sie lief los. Unbemerkt kroch sie durch das Loch in der Mauer. Sie lief durch das verrauchte Treppenhaus bis in den vierten Stock. Sie hielt sich die Hand vor den Mund und eilte durch das gefährliche Haus. Plötzlich musste sie stehen bleiben, sie wusste nicht weiter. *Wohin muss ich?* Dieser Gedanke raste durch Noras Kopf. Da erkannte sie schlagartig den vorbeieilenden Schatten. Mal hier und mal da, sie kam fast nicht nach. Nora überlegte auch nicht mehr, sie rannte nur durch das brennende Haus, bis sie plötzlich in irgendeiner Wohnung war. Sie wusste nicht, wo genau sie sich befand. Mittlerweile tat sie sich auch schwer mit der Sicht. Der viele Rauch setzte ihr sehr zu. Auf einmal stand Nora vor einer Tür, die leicht brannte. Sie sah wieder einen Schatten über die Tür huschen. Sie trat gegen die Tür, die darauf aus den Angeln fiel. Die Flammen mussten sie schon beschädigt haben. Nora eilte hindurch, und trotz des dichten Rauches konnte sie ein kleines Bett erkennen. Sie lief hin und sah es. *Das Baby! Es ist wirklich hier! Lebt es noch?* Hastig nahm Nora das Baby an sich. Ihr fiel ein Stein vom Herzen. Es war tatsächlich noch am Leben. Doch bevor Nora ihr großes Glück fassen konnte, krachte es wieder. Es rauchte stark, und die Flammen breiteten sich noch weiter aus. *Nichts wie raus hier!*

Sie lief mit dem Baby im Arm, so schnell sie nur konnte. Sie hatte es in eine Decke gewickelt und versuchte es zu schützen. Durch den vielen Rauch konnte Nora nicht weit sehen, sie verlor die Orientierung und musste kurz stehen bleiben und kräftig husten. Sie sah sich hektisch um, aber sie konnte keinen Ausgang finden. Alles war voller Rauch, oder die lodernden Flammen verhinderten ein Weiterkommen. Verzweiflung machte sich in Nora breit. Da sah sie wieder einen Schatten. Sie folgte ihm. Er verschwand immer wieder. Es war fast wie bei den flackernden Flammen. Mal schimmerten sie, dann war es wieder dunkel. Nora folgte nur den Signalen. Sie hatte überhaupt keine Orientierung mehr. Plötzlich blieb sie stehen. Sie konnte nicht mehr weiter. Eine Wand versperrte ihr den Weg. Eingeschlossen vom dichten Rauch und den Flammen presste sich Nora an die Wand. Sie war mit dem Baby gefangen. Sie konnte nirgends mehr hin. Nora bekam große Panik, denn die Flammen kamen rasch näher. Die Hitze wurde schon unerträglich, und der viele Rauch ließ sie heftig husten. Noras Gedanken rasten: *War das ein Fehler? Bin ich zu weit gegangen? Habe ich mich täuschen lassen? War das vielleicht überhaupt nicht der Schatten? War es nur eine Sinnestäuschung? Wenn es so ist, sind wir verloren! Das Baby und ich … Dann gibt es keine Rettung mehr für uns! Ach nein …*

Da krachte es unmittelbar hinter ihr. Sie zuckte zusammen, dabei achtete sie auf das Baby. Als sie sich umdrehte, sah sie ein großes Loch in der Wand. Sie ging sofort darauf zu. Nora sah ins Freie. Sie war aber sicher noch im vierten Stock nach ihrer Einschätzung. Es war keine Treppe oder Feuerwehrleiter in Sicht. Sie stand allein mit dem Baby im Arm am hinteren Ende des Hauses.

Was soll ich nur tun? Zum Springen ist es zu hoch, und niemand bemerkt mich hier hinten. Habe ich mir das alles nur eingebildet? Hat mir der Schatten nicht geholfen? Ist er überhaupt nicht hier? Waren das alles nur von den Flammen ausgelöste Sinnestäuschungen? Bitte nicht … o bitte! Wenn du hier bist, bitte hilf uns!

Nora stand gefährlich nah am Rand. Nur ein Schritt, und sie würde mit dem Baby in die Tiefe stürzen. Verzweifelt suchte sie nach einem Ausweg, doch vergeblich. Bevor sie weiterdenken konnte, spürte sie eine heftige Druckwelle im Rücken. Plötzlich hörte sie nichts mehr. Sie bemerkte nur, dass sie den Boden unter den Füßen verloren hatte. Sie fühlte sich schwerelos. Doch das änderte sich schlagartig. Nora fiel mit dem Baby im Arm. Eine Explosion hatte sie aus dem Haus katapultiert. Sie versuchte nur, das Baby nicht zu verlieren oder gar zu erdrücken. Sie hielt es im Arm, so gut es nur ging. Kurz konnte Nora nach unten sehen, der Boden raste ihnen entgegen. *Wenn jetzt kein Wunder passiert, dann sind wir beide tot. Diesen Aufprall überlebt keiner!*

Aber als Nora den Aufprall schon erwartete, verschwand der Boden plötzlich. Nora konnte nun nichts mehr sehen. Sie spürte auch keinen freien Fall mehr. Es war still. Nora fühlte sich, als ob sie an einem Punkt fest in der Luft schwebte. Alles um sie herum war wie in schwarzen Rauch gehüllt. Der verzog sich langsam, und Nora erkannte, wo sie nun war. Sie stand förmlich in der Luft, nur ein paar Zentimeter über dem Boden. Als der schwarze Rauch vollends weg war, ruckelte es nur kurz. Nora landete nun doch sanft auf dem Boden. Die letzten Zentimeter waren überwunden. Nora war zwar sehr überrascht, aber sie entfernte sich rasch vom Gebäude. Sie rannte in Richtung des Parks. Dort angekommen, hielt sie kurz inne. Sie versicherte sich, ob es dem Baby gut ging. Dabei sah sie, wie es ganz geruhsam gähnte. Es war gesund und munter. Nora musste lächeln. Sie drehte sich um und betrachtete das brennende Haus. Es stand nun gänzlich in Flammen. Es konnte nicht mehr gerettet werden. Die Feuerwehren versuchten nur noch, die Ausbreitung der Flammen zu verhindern. In dem Moment krachte es laut, und das Haus stürzte ein. Nora sah einen Berg aus Schutt und Asche.

Danke! Ich danke dir von ganzem Herzen! Dafür, dass du das Baby gerettet hast, und dafür, dass du mich gerettet hast ... schon wieder! Danke sehr! Ich weiß, dass du das warst ... und keine Einbildung von mir!

Als Nora zu dem Haus sah, konnte sie kurz einen Schatten an der Wand erkennen. Er erinnerte sie stark an einen schwarzen Flügel. Sie lächelte glücklich.

Dann wunderte sie sich abermals. Der Husten und das Brennen in Hals und Augen hatten schlagartig aufgehört. Genauer gesagt, schon seit sich der Rauch verzogen hatte und Nora auf dem Boden sanft gelandet war. Nora musste grinsen. Danach machte sie sich auf, das Baby ihrer Mutter zu geben. Im Schutz der Nacht und des angrenzenden Parks kam Nora schon bald in die Nähe des Rettungswagens, in dem die Mutter war. Der Augenblick war günstig, denn die Notärztin holte gerade etwas vorn aus dem Wagen, und der

Feuerwehrmann kehrte Nora den Rücken zu. Die Frau saß am hinteren Ende des Rettungswagens mit den Händen vor dem Gesicht. Sie war völlig verzweifelt. Nora war jetzt bei ihr, sie drückte ihr das Baby vorsichtig in die Arme und sagte dabei: »Hier, nehmen Sie. Ihr Baby ist gesund.«

Danach ging sie sofort schnellen Schrittes weiter. Sie wollte kein Aufsehen erregen und auch keine Fragen beantworten. Es würde sowieso niemand verstehen. Nora verschwand im Park. Sie drehte sich in einiger Entfernung um, und sie sah, wie diese Frau ihr Glück gar nicht fassen konnte. Sie schrie ihre Freude heraus, konnte sich überhaupt nicht mehr beruhigen. Die Notärztin und die übrigen Leute hatten alle Hände zu tun, um diese Frau zu beruhigen. Nora ging glücklich durch den Park, denn sie freute sich mit der Frau. Sie hatte ihr Baby schon verloren geglaubt, doch nun konnte sie es wieder in ihre Arme schließen. Es war ihm nichts passiert. Nora bedankte sich in Gedanken noch mehrmals bei ihrem Schatten. *Das war eine Aktion! Ich kann dir nicht genug danken! Dafür, dass du dieses Baby gerettet hast ... Ich hoffe, wir haben deswegen nicht gegen die Gesetze des Universums verstoßen. Danke ... dafür, dass du dich mir wieder offenbart hast ... dass du mich geführt hast ... dass du mich nicht allein gelassen hast. Ich finde, wir waren ein tolles Team ... und ich muss zugeben ... ich habe dich vermisst!*

17. Kapitel »Lebensfreude«

Nun waren schon zwei Jahre vergangen, und Nora hatte sich sehr gut erholt. Sie spürte natürlich noch manchmal die Auswirkungen der Krankheit und Therapie, aber sie war mit sich und ihrem wiedergewonnenen Zustand zufrieden. Nora konnte ihren Alltag wieder sehr gut meistern, nur auf zu große Anstrengungen und sportliche Verausgabung musste sie noch verzichten. Ein Tribut an die Chemotherapie. Aber im Laufe der Zeit werde sich das noch verbessern, versicherten ihr die Ärzte. Doch insgesamt lief es für Nora wieder sehr gut. Sie nahm sich auch die Zeit, die sie benötigte. Nora konnte gut abschätzen, was ihr guttat und was nicht. Sie ordnete ihr Leben von Grund auf neu. Viel Zeit verbrachte sie mit sich und ihren engsten Freunden, und sie nahm viele Dinge gelassen. Sie war auch nicht mehr bei jedem neuen Trend oder Spektakel dabei, von nun an hatte sie andere Prioritäten.

Aber dennoch hatte sich etwas bei ihr so sehr festgesetzt. *Sie dachte fast täglich an ihre Erlebnisse ... und besonders an den schwarzen Schatten.* Nora konnte gar nicht anders. Sie hatte ihn zwar seit der Feuerkatastrophe nicht mehr wahrgenommen, aber sie glaubte daran, dass er in ihrer Nähe war. Nora dachte zwar, wie eigenartig es wäre, sollte dieser Schatten tatsächlich in ihrer Nähe sein. Denn als Mensch sollte sie ihn doch eigentlich nur sehen, wenn die Grenze zwischen Leben und Tod näher rückte. Aber Nora konnte ihn sehen, und er hatte ihr und dem Baby geholfen. Nora war darüber sehr froh. Es gefiel ihr, ein außergewöhnliches Geheimnis für sich zu haben. Dabei dachte sie auch immer wieder intensiv an die sinngemäßen Worte des Schattens: *Jedes Leben ist sehr wertvoll, und man darf es nicht achtlos aufgeben!* Bei Nora hinterließen diese Worte eine sehr tiefe Wirkung. Sie nahm sie sich zu Herzen und genoss jeden Tag, der ihr blieb. Sie wollte die Freuden, die ein menschliches Leben mit sich brachte, in vollen Zügen genießen, aber ohne jemand anders dabei zu schaden. Sie wollte nicht auf Kosten anderer Lebewesen zu ihrem vermeintlichen Vorteil kommen. So kam sie dank ihrer natürlichen Herzlichkeit auch sehr gut mit ihrer Umwelt zurecht. Nora hatte ihre Familie und ihre engsten, vertrauten Freunde. Damit war sie glücklich. Doch eines wollte Nora unbedingt noch erleben. Sie hatte vor längerer Zeit einen Freund gehabt. Nora hatte ihn auch geliebt, aber trotzdem eine nicht ausgefüllte Leere dabei gefühlt. Sie wollte mehr. Sie wollte ihre Liebe kennenlernen ... die wahre Liebe ihres Lebens. Ihr Freund damals war zwar sehr nett gewesen, aber sie hatte nicht die Liebe gefühlt, die sie sich dabei erträumte. Außerdem hatte sie an dem Freund erkannt, dass er noch nicht reif genug für eine ernsthafte Beziehung war. Folgerichtig verließ er auch Nora, weil sie wegen ihrer Krankheiten nicht überall dabei sein konnte. Das tat Nora zwar weh, aber sie wusste tief in ihrem Inneren ... er war sowieso nicht ganz der Richtige. So trennten sie sich, und er konnte wieder bei jedem Spektakel dabei sein. Nora war damals zwar traurig gewesen, aber sie trauerte ihm nicht lange hinterher. Sie wollte einen richtigen Freund, der sie auch verstünde, wenn es ihr einmal nicht so gut erging. Eben die wahre Liebe ihres Lebens. Dabei dachte Nora an die schönen Dinge, die sie im Laufe ihres Lebens erfahren durfte. Immer wieder erschien ihr dabei ein besonderes Bild vor ihrem geistigen Auge. Nora hatte ihren Urlaub öfter an einer Meeresküste verbracht. Die kleine Stadt und die schöne Strandpromenade gefielen ihr sehr. Wenn sie dort war, verbrachte sie immer einige Zeit in einem kleinen Strandcafé. Sie saß auf der Terrasse und betrachtete den Horizont. Das Meer war in der Früh meist spiegelglatt gewesen, und über den Tag verteilt kamen leichte Wellen ans Ufer. Sie wurden begleitet von einem sanften Rauschen, das sich sehr entspannend auf Nora auswirkte. Sie dachte mit viel Wehmut an die Zeit an der schönen Strandpromenade. Dabei fasste sie einen Entschluss. Sie wollte unbedingt ein paar schöne Tage an diesem für sie so schönen Ort verbringen.

Das ist eine fabelhafte Idee! Das freut mich sehr, und es wird mir helfen, meine Lebensfreude weiterhin zu genießen! Ja, das mache ich, ich genieße mein Leben an diesem schönen Ort am Meer.

Es dauerte nicht lange, und Nora buchte ein Zimmer. Sie war schon sehr gespannt und freute sich auf diese Reise. Immer wieder ertappte sie sich dabei, wie sie zu träumen begann. Bei den Gedanken an diesen wundervollen Ort am Meer, an das kleine Strandcafé oder die schöne Promenade dachte sie an einen Liebesroman, den sie soeben gelesen hatte. Darin fanden eine Frau und ein Mann an einer Meeresküste zueinander. Der Roman beschrieb das Leben der beiden sehr bildlich, bis sie zueinandergefunden hatten. Es gab ein Happy End, und das gefiel Nora sehr. So eines wünschte sie sich auch für sich.

Wie schön es doch wäre, wenn ich an der Strandpromenade entlangspazierte und einen attraktiven Mann kennenlernte, der mir auf Anhieb besonders gut gefiele. Vielleicht wäre das der Beginn einer wundervollen Freundschaft ... die wahre Liebe meines Lebens! Ach wäre das schön! Ob das zu viel verlangt ist? Na egal, ich freue mich jedenfalls auf die Reise ... welchen Ausgang sie auch nehmen wird.

Nora war so weit glücklich mit ihrem jetzigen Leben. Sie hatte keine Schmerzen mehr, und kein so großes Leid wie vor zwei Jahren war nunmehr in Sicht. Darüber war sie schon sehr froh. Zugleich war sie etwas betrübt, weil sie den Schatten nicht mehr sehen oder wahrnehmen konnte. Dabei war sie sich ihrer Lage bewusst. *Eigenartig sind wir Menschen!*, dachte sie in Gedanken versunken. *Zuerst fürchten wir uns vor dem Unbekannten, aber wenn wir es näher kennenlernen, vermissen wir es sogar. So ergeht es mir mit dem Schatten. Es scheint widersinnig, aber ich vermisse dich. Ich vermute, du bist sogar öfter in meiner Nähe, und ich kann dich nur nicht wahrnehmen. Das finde ich schade. Ich wünschte, ich könnte mit dir reden, auf die eine oder andere Art und Weise, zum Beispiel mit Gedankenaustausch. Ich möchte dich so vieles fragen, ich wüsste nur zu gern auf all meine Fragen Antworten! Ich würde sehr gern meine Wissbegierde bei dir befriedigen. Aber dennoch wäre es eigenartig, wenn ich mit dir re-*

den könnte, weil du ja im Regelfall nur dann erscheinst, wenn du jemanden mitnimmst. Wenn Menschen an der Grenze zwischen Leben und Tod angekommen sind. Nur dann bist du sichtbar, nur dann kann man mit dir kommunizieren. Ich war zwar schon so weit, und ich möchte noch nicht wieder an die Schwelle des Todes zurück, aber ich vermisse die wertvolle Kommunikation mit dir. Zugleich habe ich riesigen Respekt vor deiner machtvollen Ausstrahlung. Ja, wirklich eigenartig: Einerseits fürchte ich mich fast vor dir, und andererseits vermisse ich dich. Aber ich brauche mich ja gar nicht zu fürchten, du hast mir geholfen ... mehrmals sogar. Es ist nur so außergewöhnlich, und ich bin tief beeindruckt davon.

Es vergingen noch ein paar Tage, dann war der Abreisetag für Nora gekommen. Sie verabschiedete sich von ihren Eltern und fuhr los. Sie wollte unbedingt ein paar Tage allein am Strand verbringen.

Nach einigen Stunden Autofahrt kam Nora schließlich an dem kleinen Ort am Meer an. Sie bezog ihr Zimmer, und als Erstes sah sie von dem kleinen Balkon aufs Meer. Der Ausblick von ihrem Zimmer war herrlich. Das kleine Hotel lag an einem Hang. Links davon war eine beeindruckende Natur, geradeaus sah Nora auf das Meer hinaus, und rechts davon war die Strandpromenade zu sehen. Sogar das kleine Strandcafé konnte Nora von ihrem Balkon aus erkennen. Es waren nicht so viele Touristen an diesem Ort. Nur wenige Einheimische, die ihrer Arbeit nachgingen, und eben ein paar Touristen, wie Nora eine war. Der kleine Ort war nicht so stark als Ferienziel beworben. Die Einheimischen wollten das nicht, es reichte ihnen so, wie es war. Sie waren sehr freundlich, vor allem zu Nora. Sie war doch eine alte Bekannte, ihre Eltern hatten diesen schönen Ort einmal entdeckt, und seitdem war es ein Lieblingsort von ihr. Die Betreiber des kleinen Hotels freuten sich jedes Mal über Noras Besuch.

Nora machte gleich einen Nachmittagsspaziergang am Strand. Sie fühlte sich sehr wohl hier. Die ganze Promenade ging sie entlang und wieder zurück. Sie genoss die Meeresluft und die sanften Vogelgeräusche. Als sie gemächlich wieder zurückspazierte, machte sie Halt bei dem Strandcafé, das ihr so sehr gefiel. Sie nahm auf der Terrasse Platz und bestellte sich ein gutes Essen. Danach schlürfte sie noch einen exotischen Cocktail. Dabei wurde es allmählich Abend. Die Sonne schickte sich an, schon bald über dem Meer unterzugehen. Der Horizont verfärbte sich schön langsam in rötliche Töne. Nora gefiel das. Sie ging von der Terrasse wieder zur Strandpromenade. Den Sonnenuntergang wollte sie an einer bestimmten Stelle beobachten. Der Weg, es gab nur diesen einen, endete bei einem Baum. Dort war eine Bank, auf die sich Nora setzte. Sie blickte zum Horizont und genoss den Sonnenuntergang. Das Farbenspiel beeindruckte sie. Dabei fiel ihr wieder der schwarze Schatten ein. Sie fragte sich, ob er wohl jetzt hier sei. Ob er beobachte und sie ihn nur nicht wahrnehmen könne. Sie fände das schade, sie würde ihn gern sehen und mit ihm reden. Eine außergewöhnliche Anwesenheit bei sich zu haben wäre ein besonderes Geschenk für Nora. Schließlich wäre sie in solchen Momenten nicht allein. Nora würde es auch niemandem sagen, denn sie war sich sehr wohl bewusst, wie das auf ihre Umgebung wirken würde. Sie würden sie wohl für verrückt erklären, oder Nora würde bei ihren Mitmenschen Panik auslösen, und das wollte sie auf gar keinen Fall. So philosophierte sie vor sich hin, während die Sonne sich senkte. Noch ein kleines Stück und sie würde am Meereshorizont versinken. Bei ihren Beobachtungen fiel Nora ein junger Mann auf. Er stand in einiger Entfernung am Geländer an der Promenade und sah immer wieder zu Nora herüber. Dabei verhielt er sich etwas schüchtern. Nora betrachtete ihn genauer und fand ihn sofort sympathisch. Auch auf die Entfernung hin. Sein schüchternes Verhalten gefiel ihr. Ebenso sein Aussehen. Sie wunderte sich etwas, denn wenn sie ihren Traummann aus einem Katalog bestellen könnte, würde er genau so aussehen. Sie bemerkte, dass der junge Mann seinen ganzen Mut zusammennahm und auf Nora zukam. Als er vor ihr stand, brachte er zunächst keinen geraden Satz heraus, er war furchtbar nervös.

Nora lächelte. Sie übernahm die Initiative: »Hallo!«

Der junge Mann antwortete: »Hallo!«

Nach einigen Momenten der Stille sprach er schließlich weiter: »Ich bitte um Entschuldigung, ich weiß, das klingt sicherlich etwas verrückt oder zumindest sonderbar, aber ich kann es nicht genau erklären. Es ist auch kein Anmachspruch, bitte glaube mir! Es ist nur so … ich hatte das dringende Bedürfnis hierherzukommen. Ich war noch nie hier … und ich habe das starke Gefühl, etwas zu suchen. Ich kann aber beim besten Willen nicht sagen, was. Es ist sogar für mich sehr sonderbar … auch wenn ich mich selbst reden höre. Ich hoffe, ich belästige dich nicht damit, aber auch wenn ich nicht weiß, was ich suche und was ich hier mache … ich habe nur das starke Gefühl … ich habe es gefunden! Ich habe *dich* gefunden! Ich möchte dich keineswegs bedrängen oder in Angst versetzen, ich möchte nur Antworten finden, und ich glaube, du kannst sie mir geben. Ich habe das starke Gefühl, dich zu kennen. Es ist für mich so, als ob du mich sehr stark anziehst. Ich weiß, es klingt total verrückt, aber ich empfinde es so. Ich weiß nicht, woher das kommt, und wenn du lieber allein sein willst, musst du es nur sagen, dann belästige ich dich nicht weiter.«

Nora war zwar überrascht, aber so, wie sich der junge Mann ihr gegenüber verhielt, schenkte sie ihm Glauben. Er zitterte sogar ein klein wenig. Sie empfand große Sympathie für ihn. Und seine Augen gefielen ihr außerordentlich gut. Sie waren wie in ihren Wunschvorstellungen. *Eigenartig*, dachte sie sich. *Da geht was nicht mit rechten Dingen zu! Das ist ja fast wie im Märchen!*

Dann antwortete sie: »Nein, du belästigst mich nicht. Ich glaube dir.«

»Ach ja … wirklich? Ich glaube mir selbst nicht so ganz. Es ist seltsam, ich verstehe es nicht, aber ich fühle mich bei dir sehr wohl. Ist es dir nicht unangenehm, wenn ich bei dir bin?«, sagte er zögerlich.

Nora lächelte und meinte: »Nein. Ich weiß, manchmal passieren Dinge, die man nicht erklären kann. Aber wenn es schöne Dinge sind, muss man auch nicht alles verstehen. Oder was meinst du?«

Der junge Mann lächelte auch und antwortete: »Ja … ich bin ganz deiner Meinung.«

Nora sagte: »Wer weiß, vielleicht ist unsere Begegnung der Beginn einer wundervollen Freundschaft. Was meinst du dazu?«

»Ja, das finde ich wirklich sehr schön. Es wäre super, wenn es so wäre. So etwas passiert doch sonst nur in Filmen, oder was glaubst du?«

Nora antwortete: »Ja, aber warum soll es uns im echten Leben nicht auch so ergehen? Was spricht dagegen?«

»Absolut nichts«, antwortete der junge Mann.

Während die beiden den Sonnenuntergang betrachteten, dachte Nora nach. *Also so viel weiß ich mittlerweile, so einen Zufall gibt es sicherlich nicht. Ich treffe hier meinen Traummann an einem absoluten Lieblingsplatz von mir. Und er sieht aus und gibt sich so, als ob meine Wunschvorstellungen real geworden seien. Das kann nicht mit rechten Dingen zugehen. Bist du es? Hast du hierbei nachgeholfen? Bitte zeig dich mir, ich würde nur allzu gern ein Zeichen von dir sehen, bitte!*

Und während der junge Mann weiterhin auf den Horizont blickte, sah Nora tatsächlich ein Zeichen.

Sie sagte zu ihm: »Ich habe eine Idee. Würdest du bitte in das kleine Strandcafé gehen und uns einen Cappuccino bringen? Ich habe gerade riesengroße Lust darauf, mit dir hier einen Cappuccino zu trinken … bei der Kulisse … wie wär's? Wenn du wiederkommst, können wir gemeinsam versuchen, dein Rätsel zu lösen. Ich warte hier auf dich.«

»Ja, sehr gern«, kam als Antwort. Er ging lächelnd los.

Nora ging an das Geländer heran. Sie hatte nämlich vorhin einen huschenden Schatten gesehen. Sie war darüber sehr erfreut. Sie beugte sich über das Geländer und sah auf den Meeresboden. Das Wasser war hier klar und nicht sehr tief. Nora konnte trotz der nun einsetzenden Dämmerung sehr gut bis zum Grund sehen. Er war steinig an dieser Stelle. Nora lächelte. Sie sah den schwarzen Schatten auf dem Meeresgrund und sprach in Gedanken: *Du bist also doch hier? Ich freue mich sehr, dich wiederzusehen. Ich habe dich vermisst. Es ist so viel Zeit vergangen seit unserer letzten Begegnung. Ich vermute, du warst öfter in meiner Nähe und ich konnte dich nur nicht wahrnehmen. Doch jetzt ist es wieder so weit, ich kann dich sehen. Darüber bin ich sehr froh. Es mag seltsam klingen, aber ich empfinde es so. Du hast mein Leben seit unserer ersten Begegnung sehr geprägt. Ich habe mit niemandem darüber gesprochen. Ich glaube, die Menschen müssen ihre eigenen Erfahrungen machen. Ich jedenfalls freue mich sehr, dich kennengelernt zu haben. Ich weiß, es ist seltsam mit uns Menschen. Zuerst fürchten wir uns vor dem Unbekannten, und dann vermissen wir vieles. So auch ich. Ich hatte mich zuerst vor dir gefürchtet, doch nun wünschte ich mir, dich öfter zu sehen oder wenigstens zu spüren. Eine so besondere Begleitung bei sich zu wissen, finde ich sehr schön. Ich hoffe, ich verstoße mit meinen Wünschen nicht gegen die Gesetze des Universums. Aber ich würde es sehr begrüßen, dich öfter wahrzunehmen. Ich weiß nun, dass vieles passiert, ohne dass den Menschen dabei bewusst ist, was wirklich vor sich geht. Ist doch seltsam, finde ich. Aber jetzt freue ich mich sehr, dich zu sehen. Bist du es gewesen? Hast du mir meinen Traummann gebracht? Ich meine, das kann*

doch sonst nicht mit rechten Dingen zugegangen sein, oder? Dass
gerade jetzt, wo ich es mir herbeisehne, einfach so ein Mann auf-
kreuzt, der so aussieht, als wäre meine Wunschvorstellung real ge-
worden. Das kannst doch nur du in die Wege geleitet haben. Ihn
mit einem inneren Bedürfnis nach mir auszustatten und ihn hierher
zu mir zu bringen. Ist das denn erlaubt? Oder muss ich dabei mit
Konsequenzen übernatürlichen Ausmaßes rechnen? Denn davor
hätte ich große Angst. Jedenfalls, wenn du das gewesen bist, dann
danke ich dir sehr herzlich. Kannst du mir ein Zeichen geben, wenn
alles in Ordnung ist? Dann hätte ich auch keine Angst mehr. Im
Gegenteil sogar, ich würde mich meines Lebens erfreuen wie noch
nie zuvor. Bitte!

Nora sah für einen kurzen Moment zum Strandcafé. Ihr Traummann kam noch nicht wieder zurück, und auch sonst waren keine Menschen auf der Promenade unterwegs. Nora war allein an ihrem Platz. Dann blickte sie wieder nach unten auf den Meeresgrund. Plötzlich sah sie, wie der Schatten sich veränderte. Er kam langsam nach oben. Aber bevor er die Wasseroberfläche durchbrach, veränderte sich das Wasser unmittelbar vor Nora. Sie staunte und lächelte dabei fröhlich. Vor ihr bildete sich eine kleine Wassersäule. Sie ragte immer weiter empor, bis sie schließlich Nora erreichte. Dabei veränderte sie immer wieder ihre Gestalt. Jetzt stand sie genau vor Noras Gesicht. Nora lächelte und stand weiterhin still. Im Inneren der Wassersäule pulsierte nun in knappen Abständen ein helles Licht, das vom Meeresgrund bis zum oberen Ende der Säule kam. Dieses Schauspiel war für Nora sehr beeindruckend. Sie war sehr froh darüber. *Danke,* sagte sie in ihren Gedanken.

Plötzlich hörte sie Worte in ihrem Kopf.

Gern geschehen!

Nora konnte ihren Schatten wieder hören. Sie freute sich sehr darüber.

Ich danke dir für alles! Ich bin sehr froh, dich wieder wahrnehmen zu können. Das bedeutet mir sehr viel. Ich würde dich gern so vieles fragen; ich wünschte, du könntest mir all meine Fragen beantworten. Aber ich weiß, dass ich warten muss. Ich verdanke dir so viel. Dafür kann ich dir nur einen herzlichen Dank aussprechen. Danke, dass du mir meinen Traummann gebracht hast. Und ich verspreche dir ... ich werde mein Leben nicht mehr achtlos aufgeben. Ich werde es sehr genießen ... jeden einzelnen Tag davon. Und sollte es einmal zu Ende gehen, dann werde ich keine Angst mehr haben. Denn ich weiß ja, dass du auf mich warten und mich auf meine nächste Reise mitnehmen wirst. Du hast mir versichert, dass das menschliche Leben nicht alles ist. Dass der Tod nicht das Ende, sondern ein Neubeginn ist. Ein bisschen neugierig bin ich schon, was danach kommt, aber ich habe ja bereits einen kleinen Blick darauf werfen dürfen. Und dieser kleine Blick war sehr vielversprechend. Diese wunderschönen Gefühle waren für mich sehr besonders. Ich werde sie nie wieder vergessen. Aber eines noch ... werde ich dich jemals wieder wahrnehmen können oder sogar sehen? Ich würde es mir sehr wünschen! Oder wäre dies zu viel verlangt?

Daraufhin veränderte sich die kleine Wassersäule. Das helle Licht verschwand, und das obere Ende der Säule kam auf Nora zu. Es nahm die Form einer kleinen menschlichen Hand an. Sie winkte Nora zu. Dabei hörte sie den Schatten in ihren Gedanken: *Vergiss niemals ... du wirst nie allein sein! Auch wenn du mich nicht sehen oder hören kannst, ich bin anwesend! Es gibt verschiedene kleine Anzeichen meiner Anwesenheit – wenn du genau hinsiehst, kannst du mich wahrnehmen. Du hast sehr viel erlebt, mehr als viele andere Menschen. Du bist eine Grenzgängerin, etwas Besonderes. Dadurch kannst du vieles erkennen, was anderen Menschen verborgen bleibt ... noch verborgen bleiben wird ... bis es für jeden Einzelnen so weit ist. Achte auf meine Worte, und erfreue dich an deinem menschlichen Leben! Und ... wir werden uns wiedersehen!*

Nora war sehr froh über die Worte. Sie starrte noch auf das Ende der kleinen Wassersäule und erwiderte das Winken dieser kleinen Hand. Danach zerfiel die Wassersäule wieder. Nora sah nach unten, und der schwarze Schatten hatte sich am Meeresgrund verändert. Er stellte sich für Nora jetzt wie ein Engel mit großen Flügeln dar. Im nächsten Moment kam er ganz nah an die Wasseroberfläche, und plötzlich verschwand er mit einer Wahnsinnsgeschwindigkeit am Horizont des Meeres. Für Nora sah es so aus, als ob er an der Wasseroberfläche davonraste. Nora war glücklich, sie lächelte zufrieden. Sie hatte ihr Zeichen bekommen. Sie war nicht verrückt, sondern eine Grenzgängerin geworden. Sie wusste nun viel mehr, als sich die meisten Menschen auch nur im Traum vorstellen konnten.

Die Sonne war nun fast komplett untergegangen. Die Laternen entlang der Strandpromenade gingen an. Nora sah, wie ihr Traummann mit den zwei Cappuccinos langsam wiederkam.

Sie dachte sich: *Ich danke dir für dein Entgegenkommen, dass ich dich bereits kennenlernen durfte! Für diese außergewöhnliche Erfahrung! Ich werde jeden Tag meines irdischen Lebens versuchen zu genießen, und wenn es einmal für mich so weit sein sollte und es zu Ende geht, dann werde ich keine Angst haben ... denn ich weiß, dass du auf mich warten wirst. Du wirst mich zu dem Ort bringen, in den ich schon ein klein wenig hineinschnuppern durfte ... nach Hause, ganz nach Hause ... so wie du es nanntest. Ich danke dir für alles ... mein schwarzer Engel!*

»Ende«

Danksagung

Da dieses Werk zwar ein Fantasieprodukt von mir ist, aber dennoch einige Szenen (in den Kapiteln 2, 8, 9, 13 und 14) auf von mir persönlichen erlebten, wahren Begebenheiten beruhen, möchte ich mich bei all denjenigen Menschen bedanken, die sich um mich in einer sehr schweren Zeit gekümmert haben. Wenn auf einen die grenzwertigsten Erfahrungen zukommen und es deshalb nicht mehr selbstverständlich ist, dass man sich selbst versorgen kann, dann ist es ein Geschenk, wenn hilfsbereite, herzensgute Menschen für einen da sind. Gefühlvolle Menschen, auf die in jedem Fall Verlass ist. Auf diesem Wege möchte ich ein herzliches Dankeschön aussprechen und dieses Buch den besagten Menschen widmen. Ich hatte lange überlegt, ob ich dieses Buch überhaupt schreiben und auch veröffentlichen möchte. Jetzt bin ich froh, es in die Tat umgesetzt zu haben.

Ein aufrichtiges und herzliches Dankeschön von meiner Seite!

Mit lieben Grüßen

C. Gottlieb

Hinweise

Von **C. Gottlieb** bis jetzt, bei BoD-Books on Demand GmbH, erschienen:

Vierteilige Fantasiebuchreihe – „Die Liebe des dunklen Herzens"

1. *Band* ➜ *„Die Liebe des dunklen Herzens"*

    ISBN: 9783752835281 - Printbuch
    ISBN: 9783752819373 - E-Book

2. *Band* ➜ *„Die Liebe des dunklen Herzens – Das Böse in mir"*

    ISBN: 9783752804577 - Printbuch
    ISBN: 9783752889628 - E-Book

3. *Band* ➜ *„Die Liebe des dunklen Herzens – Die Wahrheit"*

    ISBN: 9783752841305 - Printbuch
    ISBN: 9783752808360 - E-Book

4. *Band* ➜ *„Die Liebe des dunklen Herzens – Höllische Rache"*

    ISBN: 9783748107958 - Printbuch
    ISBN: 9783748134473 - E-Book

Vierteilige Fantasiebuchreihe – „Die Liebe des dunklen Herzens"

„Die Liebe des dunklen Herzens"

„Die Liebe des dunklen Herzens
-DAS BÖSE IN MIR-„

„Die Liebe des dunklen Herzens
-DIE WAHRHEIT-„

„Die Liebe des dunklen Herzens
-HÖLLISCHE RACHE-„

Mysterythriller - „Das Medium"

ISBN: 9783743127418 - Printbuch
ISBN: 9783748164951 - E-Book

Hinweis auf nächstes Buch von *C. Gottlieb*

C. Gottlieb

Das Genie

Thriller

Erscheinungstermin:

Juni 2020

Inhaltliche Kurzbeschreibung:

Ein junger Mann ist in den Fängen eines Geheimdienstes. Der Geheimdienst glaubt an eine Verschwörung und sieht die nationale Sicherheit bedroht, deshalb will er die Wahrheit, mit allen Mitteln, aus ihm herauspressen.
Der junge Mann ist ein Genie sondergleichen und will nur seine Ruhe.
Der einzige Fehler den er begangen hatte war, seine Intelligenz zu zeigen.
Ein Kampf auf Leben und Tod beginnt ...